CAROL DIAS

NA SUA DIREÇÃO

1ª Edição

2024

Produção: **Revisão:**
Equipe The Gift Box   Louise Branquinho
Diagramação e arte de capa: Carol Dias

Copyright © Carol Dias, 2024
Copyright © The Gift Box, 2024

Todos os direitos reservados.
Nenhuma parte do conteúdo desse livro poderá ser reproduzida em qualquer meio ou forma – impresso, digital, áudio ou visual – sem a expressa autorização da editora sob penas criminais e ações civis.
Esta é uma obra de ficção. Nomes, personagens, lugares e acontecimentos descritos são produtos da imaginação da autora. Qualquer semelhança com nomes, datas ou acontecimentos reais é mera coincidência.

Este livro segue as regras da Nova Ortografia da Língua Portuguesa.

CIP-BRASIL. CATALOGAÇÃO NA PUBLICAÇÃO

D531n

Dias, Carol
   Na sua direção / Carol Dias. - 1. ed. - Rio de Janeiro : The Gift Box, 2024.
   140 p.

   ISBN 978-65-5636-350-9.

   1. Romance brasileiro. I. Título.

           CDD: 869.3
           CDU: 82-93(81)

PARTE UM

"Moça, tô que nem adolescente que encontrou o amor primeiro. Ando bem mais sorridente e frequentemente tô cantando no chuveiro. Moça, você me deixou pirado, tá batendo desespero. Tô cheirando os sabonetes do mercado pra tentar achar teu cheiro. Moça, o seu beijo é mais gostoso que pudim com Leite Moça."
Moça, Tiee

PRIMEIRO

Douglas

Aos quinze anos, fevereiro de 2014...

As ondas quebravam bem ao longe no mar de Cabo Frio. Diversos surfistas estavam por lá e eu só ficava me perguntando como era possível ficar de pé naquela prancha. Queria muito saber surfar, mas a verdade era que o único esporte que eu sabia praticar era o automobilismo. Estar em um kart era meu momento zen, era onde me sentia um super-herói.

Tio Lipe saiu do mar com a sua prancha na mão. Ele já tinha tentado me ensinar várias vezes, até que desisti.

Tio Lipe não era meu tio de verdade. Ele tinha 27 anos e era formado em Engenharia Mecânica. Quando o conheci, ele era namorado da nossa vizinha, a tia Isa. Isabela também não era minha tia, mas os conheci muito pequeno e os chamava assim desde então. Quando ele descobriu que eu competia no kart e que ficaria de fora de uma prova importante porque minha mãe não podia pagar o conserto, ele pediu para dar uma olhada. Dali por diante, virou meu mecânico. Quase nunca tínhamos grana para pagar a ele, a menos que eu vencesse algum campeonato.

Felizmente, depois do primeiro que ganhei, aos oito anos, já venci vários.

Eu era bom pra dedéu em pilotar.

Por ele estar em todas as minhas corridas, até naquelas em outros estados, como São Paulo e Curitiba, ficamos muito próximos. Além de Gustavo, que era meu melhor amigo, e da minha mãe, ele era o cara que mais me apoiava, de quem eu era mais próximo.

E minha mãe confiava muito nele para me deixar vir passar o Carnaval com ele e tia Isa. Sim, eles eram adultos casados agora, mas minha mãe sempre foi controladora. Segundo ela, seu plano era me criar como um bom homem para que eu pudesse seguir uma carreira no automobilismo. Era óbvio para todos nós que eu teria que me mudar para a Europa algum dia, provavelmente ainda menor de idade. E não havia muita certeza se ela poderia me acompanhar.

O automobilismo era um esporte caro. E nós éramos pobres.

Minha mãe batalhou muito para me colocar nos campeonatos. E eu tinha o tio Mauro, que se mudou e não o víamos mais com tanta frequência, mas nos ajudava com dinheiro sempre que possível.

Porém, se eu quisesse chegar à Fórmula 1 algum dia, precisaria arrumar patrocínios, ganhar uma boa grana e economizar o máximo possível.

Nenhum piloto de Fórmula 1 era pobre como nós. E só havia um cara da minha cor em todo o grid: Lewis Hamilton, que venceu o campeonato em 2008 pela McLaren e me deu o maior trauma de infância possível: ultrapassou Timo Glock na última volta e terminou com um ponto à frente de Felipe Massa. Em um primeiro momento, fiquei com raiva e coloquei a culpa nele. Depois entendi que a Ferrari tinha feito tudo errado naquele ano e que Hamilton não havia feito nada do que eu não faria.

Mas aqueles dias não eram para eu pensar em automobilismo. Eram para eu pegar um bronze na praia e descansar antes da próxima temporada de kart. Eu havia sido convidado para correr na Europa, mas minha mãe não tinha como bancar uma mudança para lá e eu precisaria de um patrocinador para me manter na equipe. E eu tinha patrocinadores no momento, porém eram todos pequenos negócios. A grana que me pagavam dava para correr ao redor do Brasil, mas não lá fora.

Esse dia chegaria. Eu tinha talento, tinha potencial, certamente encontraria alguém que me apoiasse nessa.

— DG, passa no mercado e compra umas coisas que Isa me pediu? Quero ir direto para levar a prancha para casa.

— O que é?

— Anota aí no seu celular.

Peguei o telefone, que estava embolado na minha camisa. Ele me deu uma lista de quatro coisas e cinquenta reais. Andamos juntos até o mercado e ele seguiu. Fui para o corredor do feijão, que era a primeira coisa da minha lista, e fiquei encarando. Pelo amor de Deus, qual marca era para levar? Será que havia muita diferença? Tio Lipe só havia falado "feijão", não tinha especificado. E tinha feijão preto e feijão marrom.

Droga, não estava preparado para esse tipo de compra.

Foi quando uma garota da minha idade e outra mulher mais velha entraram no corredor. Elas pararam na direção de um pacote verde de grãos claros que poderiam ou não ser feijão.

— Escolhe o feijão, que eu vou para a fila da carne, viu? — avisou a mulher mais velha, apertando o ombro da garota e saindo.

A menina, então, veio andando na minha direção, olhando para as prateleiras, até que parou em frente a uma embalagem e pegou.

Ótimo. Essa deve ser uma boa marca de feijão então. Vou só ficar aqui e esperar...

— Caro — murmurou baixinho, devolvendo para a prateleira e pegando outro.

— Ei, você sabe escolher feijão? — perguntei, sem nem reparar que estava perguntando.

Ela se virou na minha direção, seu olhar roubando meu ar por um minuto. Os olhos castanhos brilhando mais que bola de gude novinha, a pele negra perfeita e cheirosa, o cabelo alisado, o shortinho curto, a camisa branca com a logo da Ferrari.

A camisa da Ferrari.

Caramba. Ela gostava de Fórmula 1? Será?

— Minha mãe quase sempre compra um desses três. — Apontou para três marcas na prateleira. — Geralmente a gente olha se esse está com um preço bom e leva. — Mostrou o que ela tinha segurado antes. — Se não estiver, como é o caso, levamos outro desses dois, o que estiver mais barato. — Ergueu o que estava na mão dela, apenas para mostrar que seria o escolhido.

Fui até a prateleira e peguei o mesmo.

— Obrigado. — Abaixei a cabeça para a lista, querendo ver se teria dúvida em mais alguma coisa, depois olhei para ela, que estava sorrindo e se virando no corredor, na mesma direção que a mulher mais velha tinha ido mais cedo. — Você gosta de Fórmula 1? — escapou.

De novo.

Ela olhou para a própria camisa e sorriu de novo. Fui na mesma direção dela no corredor.

— Muito. Eu corro de kart.

Meu coração parou.

Quem era essa garota e onde ela havia estado nos últimos quinze anos?

— Eu também. Onde você corre?

— Carina! — a mulher mais velha chamou por trás de nós. — Pegou o feijão? A carne está muito cara, vamos comprar em outro lugar.

— Peguei, dinda! — respondeu, virando de costas e indo na direção dela. Após alguns passos, virou-se para mim e sorriu. — Tchau.

— Tchau, Carina.

Carina. Seu nome soou doce em meus lábios. Fiquei vendo-a se afastar, meu coração batendo depressa. Quando as duas sumiram do meu campo de visão, olhei outra vez para minha lista de compras e fui atrás das outras coisas.

Com tudo em uma sacola, segui na direção da casa onde estávamos hospedados. Era de uma tia da tia Isa, que havia nos emprestado por uns dias na cidade. O portão estava aberto, um saco de gelo na calçada, e tio Lipe estava mexendo no carvão da churrasqueira.

— Leva lá dentro para a Isa, DG, depois vem me ajudar. Daqui a pouco o pessoal começa a chegar.

Eles tinham marcado com outros amigos que estavam pela cidade para o Carnaval. Cada um traria alguma coisa de comer ou beber, uma sobremesa, e a festa estava garantida. Mas eu não conhecia ninguém que viria, eram todos mais velhos e amigos de tio Lipe e tia Isa. E eu nunca fui muito bom em conhecer pessoas.

Mas fiquei lá ajudando no que me pediram, conforme todas as pessoas de fato chegavam. Levava as comidas para a cozinha e as carnes para tio Lipe na churrasqueira. Buscava cadeiras para as pessoas sentarem e mostrava onde era o banheiro. E estava indo muito bem, até que dei de cara com *ela* no portão.

Duas vezes no mesmo dia.

— Carina! — exclamei, surpreso por sua presença.

— Oi! Que surpresa!

A mulher mais velha que estava com ela no mercado e que estava aqui agora sorriu.

— Vocês se conhecem?

— A gente se esbarrou no mercado — justificou.

— Ela me ajudou a comprar feijão — completei.

— Mas eu não sei seu nome — comentou.

— Ah, sim. — Estendi a mão para Carina. — Douglas.

Apertei a mão dela por tempo demais, tinha certeza disso, mas não conseguia parar. Já tinha me dado conta de que ela era linda, mas agora também sabia que sua pele era das mais macias que já havia tocado.

NA SUA DIREÇÃO

— Carina, mas você já sabe. Essa é minha dinda Juliana.

Enfim soltei sua mão para apertar a de sua madrinha. Deixei as duas entrarem na casa, mas peguei o saco de carne e a garrafa que elas levavam, colocando no lugar correto. Outras pessoas foram chegando e tive que me afastar, mas não conseguia deixar de olhar para ela. Como podia eu ter ido ao mercado, conhecido a garota mais linda que já havia visto na vida e depois esbarrar com ela de novo em casa?

Depois que todo mundo chegou e o churrasco já estava sendo servido, tia Isa me chamou. Quando olhei para ela, vi que conversava com Juliana e Carina. Fui até lá com mais vontade ainda.

— Você se lembra da Ju e da Ca?

Franzi o cenho. Era para eu conhecê-las antes de hoje?

— Eu vi as duas no mercado. Era para eu...

— A Ju é minha melhor amiga, mas a Ca é filha da sua tia Adélia. Vocês eram pequenininhos quando se conheceram.

Meus olhos se arregalaram na mesma hora. Quando eu tinha uns nove anos, tio Mauro e tia Adélia adotaram uma menina, Carina. Depois disso, foram morar em São Paulo. Nunca mais tinha visto tia Adélia, mas tio Mauro ainda vinha ao Rio de vez em quando e participava das minhas corridas.

Essa era a Carina dos meus tios?

— Poxa, desculpa. Eu era muito pequeno, não lembro direito.

Carina deu de ombros.

— Tudo bem. Eu também não me lembro direito. Seu rosto é familiar e meus pais falam muito de você, mas não consegui associar.

A filha dos tios tinha virado pilota de kart. Claro. Tio Mauro era louco por corrida.

— E eu te vi algumas vezes quando criança, quando estava na casa da Isa ou na casa dos pais da Ca — a madrinha explicou, apertando meu braço. — Como está sua mãe?

— Bem. Trabalhando em um camarote da Sapucaí.

Elas continuaram com uma conversa leve, mas eu não conseguia dar 100% de atenção. Só pensava em Carina ao meu lado, no fato de que ela era filha do tio Mauro e que ele ia me matar se soubesse que eu queria beijar a sua filha.

Tio Lipe me chamou e eu tive que deixar as moças, mas até era algo bom. Eu estava perto demais de Carina, minha mente sendo puxada para o cheiro de chocolate em seu cabelo.

Depois que almoçamos, fui me sentar na beira da piscina, onde outras pessoas também estavam. Não quis entrar, porque toda hora alguém me pedia alguma coisa, mas estava legal só molhar o pé também. Até que uma sombra parou ao meu lado e vi os pés de Carina. Ela tirou a sandália de dedo e deixou de lado, abaixando-se.

— Posso sentar aqui com você?

Prendi a respiração. Juro por Deus, eu não queria estar sentindo essas coisas, mas me sentia completamente envolvido por aquela garota.

— C-claro — falei, rezando para minha gagueira não ter ficado aparente. Ela estava me deixando *nervoso*.

— Você vai correr no Brasileiro de Kart?

— Vou. Em Itu.

Ela assentiu, prendendo o cabelo no alto da cabeça em um coque.

— Não sei se vou conseguir correr este ano. Meu kart estragou.

Franzi o cenho. Ainda faltava mais de um mês para o campeonato.

— Dá tempo de arrumar até lá.

— Eu sei. — Suspirou. — Mas meu pai demitiu nosso mecânico, porque ele ficava dando em cima da minha mãe, e agora está enrolando para encontrar outro. — Deu de ombros. — Então nem sei qual é o problema do kart direito.

— Ei, fala com o tio Lipe, ele é meu mecânico desde que eu era criança.

— Mas vocês moram no Rio, eu moro em São Paulo.

— Não é tão longe assim, né? Talvez ele possa tirar um dia para ir lá ou conversar com seu pai para trazer o kart quando vier no Rio.

— Será que ele conhece alguém em São Paulo para indicar?

Arregalei os olhos, pensando que essa era uma boa ideia. Até emprestaria tio Lipe, mas não queria perder meu engenheiro de jeito nenhum.

— Ele fez faculdade de Engenharia Mecânica. Deve conhecer um monte de gente.

— Nossa, obrigada! — Ela apertou minha mão, chegando mais perto de mim. — Eu vou conversar com ele depois, com meus pais também.

Entrei em um transe inexplicável. Poderia ser o olhar dela, o cheiro de chocolate no seu cabelo, seu toque na minha mão... Era difícil dizer o que me fez agir por impulso, mas aproximei o rosto do seu. Seus olhos se arregalaram de leve, mas ela não se afastou. Sua respiração escovou meus lábios e eu fechei a curta distância entre nós. Sua boca ainda estava melada, provavelmente do pudim de leite que tínhamos comido de sobremesa.

Ela se desesperou naquele momento. Deu um pulo para trás e empurrou meu peito. Ao ver seus olhos mais arregalados que duas melancias, me dei conta do que tinha feito.

Tinha acabado de beijar a garota na frente de todo mundo.

Olhei em volta, percebendo que os adultos estavam longe e não davam a mínima para nós. Na piscina, só tinha ficado um casal, que estava se beijando. Tia Isa e a madrinha dela não estavam ali, provavelmente entraram na casa. E tio Lipe estava de costas, bebendo uma cerveja.

Ufa.

— Você me beijou — falou, estupefata.

— Sim, desculpa — gaguejei, sem saber se ela estava me odiando (muito provavelmente) ou se tinha gostado e só estava envergonhada/com medo. — Não sei o que deu em mim, achei que você queria também.

— Eu não namoro outros pilotos. Não acho que seja uma boa ideia a gente ficar.

Permaneci calado, sem me mover. Ela levantou e se afastou de mim. Fiquei assistindo sua caminhada para dentro da casa, finalmente me dando conta de que tinha levado um toco.

A garota mais bonita em quem eu já havia colocado os olhos tinha me dado um toco e me dito não.

Eu tinha beijado a garota mais bonita em quem já havia colocado os olhos sem saber se ela realmente queria, de forma totalmente impulsiva, e ela tinha me dado um belo de um não.

Pelo restante do Carnaval, não pensei mais em Carina. Foi burrice minha achar que poderíamos ter algo. Ela era filha do tio Mauro, morava em outro estado. E era muita areia para o meu caminhão. Não teria dado certo de jeito nenhum.

Então fiz de tudo para esquecê-la. Beijei mais garotas do que já tinha beijado em toda a vida. Flertei com outras que eram muito mais gatas que eu — e quando elas me esnobaram, não doeu, porque nada doeria mais do que perder minha chance com Carina.

Aí eu me lembrava dela de novo e partia para dar em cima de outra. Um ciclo vicioso para tentar preencher o buraquinho que havia se formado no meu coração.

Nota da escritora: a campeã do Carnaval do Rio de Janeiro em 2014 foi a Unidos da Tijuca, que desfilou com o enredo "Acelera, Tijuca!", desenvolvido pelo carnavalesco Paulo Barros, cujo tema foi o tricampeão de Fórmula 1 Ayrton Senna, que tinha morrido havia 20 anos. Na comissão de frente, um dançarino representava o piloto, que pilotava a réplica de sua famosa McLaren para ultrapassar alguns componentes, como Sonic, Flash, Ligeirinho, Usain Bolt e outros. O refrão da canção dizia: *Acelera, Tijuca, eu vou com você. Nosso lema é vencer. Guiando o futuro que um sonho construiu, Ayrton Senna do Brasil.*

SEGUNDO

Douglas

Aos dezesseis anos, 2015...

Minha mãe enfiou meu cabelo dentro do meu macacão, junto da balaclava. Tinha o mesmo cheirinho de limpeza desde que eu era um menininho, porque minha mãe ainda usava o mesmo sabão. Hoje em dia, o material do meu macacão era bem melhor do que o que eu usava quando criança, e era mais novo, embora ela ainda fosse a responsável por lavar e fazer reparos nele.

Minha mãe era uma super-heroína e eu tinha plena certeza disso.

E eu sentiria *muito* a falta dela.

Felizmente, minha mãe estava se mudando para Portugal. Tio Mauro havia conseguido um emprego para ela lá. Eu, por outro lado, me mudaria para a França. Eu tinha sido convidado para correr na F4 da França, havia conseguido um bom patrocínio depois de vencer a temporada passada no kart e mais uma porção de corridas que tinha participado. Esse patrocínio me faria correr em campeonatos específicos na Europa, minha primeira viagem para fora do Brasil. Agora eu iria me mudar de vez e morar lá, no apartamento do meu novo empresário — Martin Brandt, que já fora companheiro de equipe do homem que minha mãe dizia ser meu pai. Ele não morava lá e me avisou que provavelmente outro garoto se mudaria para lá quando a temporada começasse, que estaria correndo na GP3 por uma equipe francesa. Com um companheiro de casa ou não, minha vida estava prestes a mudar radicalmente. Era um novo país, novas pessoas. Morar fora da casa da minha mãe.

Para a minha sorte, Portugal era muito mais perto da França do que o

Brasil. Eu conseguiria vê-la mais vezes dessa forma, ela iria para algumas das minhas corridas quando possível.

Mas eu ainda tinha algumas semanas até isso acontecer. No momento, meu foco estava em me classificar bem e vencer a corrida do dia seguinte.

Era uma corrida única, valendo vinte mil para o campeão. Um dinheiro que ajudaria bastante na mudança. O segundo lugar levaria oito mil e o terceiro, cinco mil. Também ajudaria, mas eu queria os vinte mil. Queria sair do Brasil campeão.

Estava entrando no kart quando um perfume único invadiu minhas narinas. Fui levado de volta para aquele corredor de mercado. Para aquela tarde na piscina. Para a rejeição.

Meu olhar procurou por ela e a encontrou com facilidade.

Carina Muniz.

Filha do tio Mauro e da tia Adélia.

A garota mais linda que já tinha visto.

Foco, Douglas.

Subi no meu kart. Ouvi as orientações de tio Lipe.

E ignorei solenemente a presença dela por toda a classificação.

Mas minha família tinha planos diferentes dos meus, porque, depois que desci do kart, encontrei minha equipe e a dela reunidas. Cumprimentei meus tios, mas parei logo perto de tio Lipe, que tinha orientações a me dar. Sugestões.

O engenheiro dela era um amigo de tio Lipe que morava em São Paulo. E ele também tinha muitas coisas para conversar com ela, o que me fez me afastar e não ter que trocar uma palavra. Felizmente.

Mas a corrida atrasou e minha mãe acabou me puxando para o seu lado.

— Filho, está sabendo da novidade? — perguntou, um enorme sorriso no rosto. — Carina também conseguiu uma equipe para correr na F4 da França.

Nossos olhares se encontraram pela primeira vez naquele dia. Ela me deu um sorrisinho de canto. Ela iria para a França também? Para correr na mesma categoria que eu?

— Qual equipe? — indaguei, sem saber se conseguiria lidar com ela na mesma equipe.

Não por ela ser uma garota.

Por ela ser uma garota que fazia meu coração bater desesperado.

Que me tirava o foco.

Que me fazia pensar nela e somente nela todas as vezes que sua presença se fazia notar.

NA SUA DIREÇÃO

— Olivier — ela falou.

Boa equipe. Meio de grid. Melhor ainda por não ser a minha.

Era surpreendente que eles tivessem convidado uma garota para pilotar, porque sabíamos que ninguém nunca colocava garotas na equipe. Era raro.

Nós havíamos corrido no mesmo campeonato ano passado. Claro, nossas famílias tinham ficado juntas, mas eu sabia o quanto era importante vencer para conseguir patrocínio, então não havia deixado que ela me tirasse do meu foco. E não deixaria de novo.

— Não vai dar parabéns a ela? — murmurou minha mãe, me dando uma cotovelada de leve e me fazendo voltar à realidade.

— Parabéns, Carina — respondi.

Não queria me envolver naquele assunto, então puxei meu celular do bolso. Claro que dona Regina tinha planos diferentes.

— Estava falando com seu tio Mauro que talvez seja bom para vocês dois. Ela vai morar sozinha. Vocês dois estarão no mesmo país. Podem ajudar um ao outro.

— É… — comentei, zero interessado.

— Esse menino está indo e não sabe falar uma palavra em francês, filha. Você aprendeu?

— Sim, desde que fui adotada, meus pais me colocaram para fazer vários idiomas. Posso não ser fluente, mas sou quase. — E se virou para mim, falando palavras em uma língua que eu só podia imaginar ser francês. — *Je vais t'aider, malin. De rien.*

— Não sei falar uma só palavra. Minto. Sei falar *merci*. Vai ter que servir.

— Eu disse que te ajudo. Vai ser bom ter um rosto conhecido em outro país.

É. Ela não estava errada.

Seria bom ter um rosto conhecido quando eu estivesse correndo em outro país, mas não o dela. Não o de alguém que mexia tanto comigo.

— É, vai.

Minha mãe emendou em outro assunto, felizmente. Só o que me faltava era me distrair hoje.

Foco. Eu precisava de foco.

Felizmente, logo tio Lipe veio me chamar para voltar ao kart. E nada me tiraria do meu primeiro lugar. Bom, nada, exceto a pilota número 32, também conhecida como Carina Muniz, que resolveu me empurrar para fora da pista!

Sério, como podia?

Ela conseguiu me alcançar faltando treze voltas para o fim da corrida. Depois, ficou me caçando por dez voltas. Não conseguiu me passar e, desesperada, me empurrou para fora da pista. Foi por muito pouco que consegui me segurar e voltar para o segundo lugar. O único motivo para isso foi que nós dois tínhamos uma larga vantagem para o terceiro kart. Ainda consegui colar nela na última volta, mas não foi o suficiente para passar de novo.

Eu perdi.

Eu perdi a corrida porque aquela garota me empurrou para fora.

Desgraçada.

Desci do meu carro sentindo meus músculos tremerem. Fui direto até ela, arrancando o capacete no caminho.

— Qual é o seu problema? — indaguei, o tom mais alto que o normal. — Você me jogou para fora!

Já do lado de fora do kart, ela também tirou o capacete e entregou na mão do seu engenheiro.

— Se você não sabe dirigir, o problema não é meu. Só estava pilotando, não fiz nada demais.

— Sua riquinha mimada! Nada demais? Você enlouqueceu?

— Filho, o que houve? — Chegou minha mãe, segurando meu braço.

— Está tudo bem aqui? — Tio Mauro também se aproximou.

— A *sua* filha me empurrou para fora da pista. Onde já se viu querer ganhar assim?

— Vamos cair fora, DG. — Tio Lipe me puxou de lá, mas eu ainda estava tremendo de raiva. Quando ele conseguiu que nos afastássemos, me segurou pelos ombros. — Calma lá, cara. Por que você está surtando com o segundo lugar?

— Você viu o que ela fez? Viu o que aquela garota fez?

— Eu vi. Todo mundo viu. Mas você sabe que ninguém vai puni-la. Abaixa a cabeça, para de gritar e faz o seu. Quer que algum patrocinador veja a cena e decida te deixar às vésperas da sua mudança?

Ele estava certo. Como sempre. Tio Lipe tinha muita consciência e bons conselhos. Mas eu era um garoto teimoso, sempre fui. Estava certo boa parte das vezes também.

Dessa vez, porém, aceitei sua decisão. Afastei-me da trapaceira e fui relaxar um pouco. Acalmar meus pensamentos.

Desde que comecei no kart, os moleques faziam isso comigo. Quando não conseguiam me vencer de forma justa, no braço, sendo mais rápidos que eu, jogavam o carro para cima, tentavam me tirar da pista. Tive que aprender a me defender muito rápido, a abrir os cotovelos e não deixar que esses péssimos pilotos tirassem meus títulos e vitórias.

Mas essa de Carina foi inesperada. Achava que ela era justa. Que brigaria comigo na pista de forma limpa. Não esperava que *a filha do tio Mauro e da tia Adélia* faria um jogo tão sujo.

Éramos alguns dos poucos negros na competição. Só tinha mais um garoto negro e dois pardos. Dois asiáticos. Os demais eram todos brancos. Sempre pensei que nós, que éramos minoria, tínhamos que nos apoiar.

Pensei errado, né?

Horas depois, com o prêmio em dinheiro na conta da minha mãe e meu troféu na mão, sentei na calçada em frente ao circuito para esperar o Uber. Tio Lipe já tinha caído na estrada com a Kombi da minha mãe, voltando para o hotel para deixar o kart e nossos pertences em segurança. Por ser minha última corrida no Brasil, muita gente veio me ver. Tio Lipe e tia Isa vieram juntos na Kombi e voltariam para casa com a minha mãe, depois que todos me levassem ao aeroporto. Gustavo veio com os pais no próprio carro, mas algumas amigas da minha mãe vieram também. Seria a minha despedida. Meu voo sairia no dia seguinte de Guarulhos direto para Paris. Minha mãe queria ficar para acompanhar meu embarque, mas eu iria sozinho no avião.

O Uber nos levaria para um restaurante temático que ela escolhera, Taverna alguma coisa, em uma última comemoração. Era só para mim e Gus, já que os demais adultos se dividiram nos outros dois carros, mas estavam todos ali perto esperando "para nos fazer companhia".

Isso incluía tio Mauro e toda sua família. Sim, *aquela garota* estava aqui e iria para a minha despedida.

Horas tinham se passado desde a corrida e eu já estava mais tranquilo. Não queria matá-la. Não queria xingá-la de todos os nomes proibidos pela minha mãe. Não queria ofendê-la. Só um pouquinho, talvez.

Mas a minha sede de sangue já havia passado. Meu ódio tinha diminuído. Ela estar ali tão perto era apenas uma constante irritação.

Um lembrete.

De que ela tinha sido uma *trapaceira* que havia me empurrado para *fora da pista*.

Pronto, eu já estava com ódio de novo.

— Pega. — Gus sentou no meu lado esquerdo e me estendeu o celular para eu jogar. — Já morri de novo.

— Você é muito ruim em jogo de tiro — murmurei, pegando o telefone e dando início à partida.

Desde crianças, nós dividíamos o PlayStation Portátil dele. Cada um jogava uma rodada. Mas fomos ficando maiores e ganhamos celulares; agora, usávamos o dele, que era muito melhor que o meu.

Mas nossa diferença de grana ia acabar. Se desse tudo certo na F4 da França, eu levaria uma boa remuneração no final do ano. Claro, todo dinheiro que entrasse seria investido em tentar entrar para a GP3, que era um passo na direção da Fórmula 1. Para chegar lá, o caminho mais comum era esse. Kart, F4 Regional (no meu caso, a da França), GP3, GP2 e Fórmula 1. Eu tinha convicção de que chegaria lá. E compraria um videogame *dos bons* para poder jogar com Gus o dia inteiro.

Quando não estivesse na pista, claro.

— Ei — chamou uma voz feminina, vindo pelo meu lado direito —, posso falar com você um minuto?

A voz feminina era *dela*.

— Cara… — comecei, respirando bem fundo para não surtar. — Ainda estou bravo, nossos pais estão aqui e eu não quero ser grosso com você de novo.

— E se for para eu pedir desculpas?

Parei por um segundo, apenas encarando-a de lado. O celular tremeu na minha mão, mostrando que eu tinha perdido a rodada.

Droga.

Entreguei-o de volta para Gus e acenei para que Carina continuasse.

Embora eu só quisesse rosnar para ela.

— Foi mal por ter te tirado da pista. Era minha chance de vencer uma corrida. Sabe o quanto um resultado como esse é importante para uma garota que vai correr fora do país?

— Sabe o quanto um resultado como esse seria importante para um garoto preto e pobre que vai correr fora do país? — rebati, meu tom controlado. — Isso aqui é difícil para nós dois, Carina. A gente precisa se respeitar dentro da pista e se unir do lado de fora. Esse tipo de jogo sujo é ruim para você e para mim.

— Eu sei. Você está certo. Por isso que estou pedindo desculpas. E queria sugerir uma trégua. Não precisamos ser amigos, mas estaremos os dois morando fora do país e disputando na mesma categoria. Acho que podemos nos ajudar.

Encarei-a por um momento, estudando sua expressão. Vi verdade e sinceridade ali, então desmontei um pouco meus escudos.

— Trégua feita. — Estiquei a mão para ela. — Mas se você me jogar para fora da pista de novo...

Ela riu baixinho e apertou minha mão.

— Não vou te jogar para fora da pista. Mas vou competir com você sempre que você estiver na minha frente. E vou te passar.

Nosso carro virou a esquina e Gus se levantou, empurrando meu ombro e me chamando.

— Fique à vontade para tentar.

Nota da escritora: Lewis Hamilton é o único piloto negro atualmente no grid da Fórmula 1, em um total de vinte. 2015 foi o ano do segundo título de Lewis Hamilton pela Mercedes, sua equipe atual, e o terceiro de sua carreira. Nos anos seguintes, continuou vencendo com sua equipe. Até o começo da temporada de 2024, o piloto acumula sete campeonatos mundiais e sua equipe conseguiu oito. Sua longa dominância na Fórmula 1 foi interrompida pelo holandês Max Verstappen, para tristeza desta que vos escreve, em um final de campeonato eletrizante e polêmico. Ainda assim, o heptacampeão Lewis Hamilton permanece como um dos maiores vencedores da Fórmula 1, empatado apenas com o lendário Michael Schumacher. Durante toda sua trajetória, Hamilton, homem negro e de origem humilde, teve que lidar com o racismo dentro e fora da categoria. Um dos atletas mais bem-sucedidos do mundo usa sua voz para falar sobre causas importantes e sua influência por meio de projetos como o Mission 44 e o Accelerate 25. O último, uma iniciativa para que sua equipe aumentasse a diversidade, garantindo que 25% dos novos contratados dentro de cinco anos fossem mais mulheres e pessoas de cor. A meta foi superada no primeiro ano do projeto, com 38% dos novos funcionários sendo desses grupos.

TERCEIRO

Douglas

Minha família era divertida. Sério. Estávamos andando no aeroporto em um grupo de nove pessoas.

Apenas duas embarcariam.

Achei que nos despediríamos no hotel, mas tia Isa, tio Lipe, tia Duda, Gus e minha mãe vieram todos ao aeroporto. Aqui, encontramos tio Mauro e tia Adélia, que estavam com Carina, porque aparentemente iríamos no mesmo voo. Tio Mauro inclusive havia pagado para alterar o assento dela para irmos juntos. Tudo bem, eu tinha aceitado uma trégua com ela, mas isso não queria dizer que eu estava de acordo em passar as próximas doze horas na cadeira ao seu lado. Mas enfim.

Precisava das nove pessoas? Não. Mas era assim que eles demonstravam apoio, amor e saudades futuras. Porque nós sentiríamos saudades uns dos outros. Eu via tio Lipe o tempo todo, agora não o veria mais. Tia Isa era minha vizinha. Tia Duda estava sempre comigo por causa de Gus, que era meu melhor amigo havia *anos*. Nós nos conhecíamos desde crianças. Nós nos víamos todos os dias.

E não nos veríamos mais. E eu nem sabia quando encontraria meu melhor amigo de novo. Meus amigos.

E minha mãe. Mesmo que ela fosse se mudar para Portugal em breve, não seria mais o mesmo. Minha vida estava mudando em velocidade máxima.

Apesar de tudo, eu estava empolgado. Seria difícil morar em outro país, eu tinha consciência, mas era tudo em prol do meu sonho. A possibilidade de eu ser piloto profissional. De viver a minha vida acelerando um carro ao redor do mundo.

E eu agarraria minha chance com unhas e dentes.

Minha mãe sempre havia batalhado para eu ter as coisas e eu entendia o valor de cada vitória que vinha conquistando. Entendia o valor de conseguir patrocínio e uma equipe para correr fora do país. E estava disposto a fazer tudo que estivesse ao meu alcance para continuar conquistando cada vez coisas maiores.

Um moleque preto e pobre do Rio de Janeiro virar piloto de Fórmula 1 seria incrível. E eu faria o possível para chegar lá.

— Certo, está na hora de vocês irem — começou tio Mauro, aproximando-se do grupo novamente. Estendeu uma pasta para a filha e segurou seu ombro. — Todos os documentos estão aí, filha. Você lembra como é, né? Para passar na imigração?

— Lembro, pai — respondeu Carina, suspirando.

— Mas vê se não fica nervosa, Carina — sua mãe interveio. — É a primeira vez que você vai passar pela imigração sozinha. Não precisa ficar nervosa.

— Não vou ficar nervosa. E não vou estar sozinha, Douglas vai comigo. Relaxem.

Olhei para ela, confuso. Carina estava contando comigo para passar pela imigração? Logo eu que nunca nem havia saído do país?

— Carina, meu amor, pelo amor de Deus, esse meu filho nunca tirou os pés do país! — minha mãe exclamou. — Vocês dois deem as mãos e passem pela imigração juntos. E quando estiverem em segurança lá no aeroporto, avisem para nós. Vamos ficar esperando ansiosos do lado de cá.

— Fiquem tranquilos, adultos. Nós vamos sobreviver — garanti, mesmo não me sentindo assim tão confiante. — Podemos ir?

Uma longa rodada de despedidas se seguiu. Todos quiseram nos abraçar e dar conselhos de última hora. Minha mãe me segurou por muito, muito tempo, chorando na minha camisa e dizendo que não estava pronta para perder "o seu bebê". Eu tinha dezesseis anos e havia sido emancipado para poder morar sozinho fora do país, mas ela ainda me trataria como seu bebezinho por um tempo.

Tudo bem. Eu também sentiria a falta dela.

Quando finalmente a rodada de beijos e abraços terminou, nós caminhamos na direção do embarque internacional. Carina veio logo atrás de mim depois de darmos um último aceno para o grupo e virarmos em um corredor de onde não podíamos mais vê-los. Havia uma fila grande para passar pelos scanners e nos focamos no que importava. Estávamos sem mala, já que tínhamos despachado as nossas. Nós dois estávamos com uma mochila nas costas, mas ela teve que tirar um milhão de coisas dos bolsos. Logo que encontramos o portão de onde nosso voo sairia, ela disse que iria ao banheiro e depois me encontraria. Caminhava em direção aos bancos, mas passei por um restaurante que estava com a televisão ligada passando Fórmula 1. Parei ali mesmo para ver a corrida. Era o GP da Malásia, o segundo da temporada de 2015, e tinha começado às 6h. Já estava um pouco depois da metade e Sebastian Vettel estava liderando com sua Ferrari.

— Awn, Seb está ganhando — a voz doce e animada de Carina soou ao meu lado.

— Infelizmente — murmurei.

Ela me deu um olhar irritado na mesma hora.

— Para quem você torce?

— Para o melhor piloto do grid. Lewis Hamilton. Bicampeão de Fórmula 1.

— Eu gosto dele. Mas meu sangue é vermelho Ferrari.

— Sinto muito, mas este ano não vai dar para o Sebastian de novo. Ele vai perder para o Hamilton outra vez.

Ela deu de ombros e andou em direção ao restaurante.

— Veremos. Agora anda, vamos sentar lá dentro.

E me deixou para trás. Eu pretendia ficar ali fora mesmo, pois não compraria nada no restaurante. Mas Carina entrou e já foi se sentando, pegando o cardápio da mão da garçonete e acenando para mim.

— Já comi, não vou gastar dinheiro — avisei, sentando-me ao lado dela para ficar de frente para a TV.

— Eu pago um suco para você. Vou pedir um pedaço de torta. Esse embarque ainda vai levar uma hora para acontecer, temos tempo suficiente de ficar aqui assistindo à corrida. Fica de boa.

Suspirei, olhando para o menu com ela. Uma porção de pão de queijo e um suco de laranja. Fizemos o pedido e, assim que a garçonete saiu, olhei para a televisão, vendo que estavam mostrando o box da WLP Racing e focalizando em Vito Conti, ex-piloto de Fórmula 1.

Também conhecido como meu pai.

Isso era o que minha mãe dizia. Desde muito pequeno, cresci ouvindo que eles tiveram um caso enquanto ela trabalhava em um hotel e ele viera para um GP. Ela me explicou que ele esteve no Rio para gravar alguma coisa e eles se conheceram. Ela só ficou sabendo que estava grávida meses depois e não teve como entrar em contato.

Quando eu tinha uns oito anos, briguei com a minha mãe e fugi para São Paulo para ver meu pai em um fim de semana de GP de Interlagos. Eu era um moleque, não entendia direito as coisas e dei muita sorte, porque não tinha noção do perigo que passei. Era difícil entender como tantos adultos viram uma criança viajando sozinha de ônibus e não fizeram nada, mas o importante foi que ali aprendi minha lição.

E parei de ficar tão obcecado pelo meu pai.

Naquele dia, eu o vi dar um soco na cara do seu companheiro de equipe. E senti o soco dentro de mim, porque estava contando com todas as minhas forças que naquele dia conheceria meu pai e seria incrível.

E não foi nada disso.

A garçonete voltou com nossos pedidos. Quando estiquei a mão para pegar um pão de queijo, encostei na de Carina. Sentir sua pele macia imediatamente trouxe memórias que eu não queria relembrar.

Carnaval do ano passado.

Nós dois à beira da piscina.

Minha impulsividade de beijá-la.

— Ei — chamou baixinho, sem me olhar. — Eu sei que você está pensando na mesma coisa que eu.

Talvez. Mas eu não confirmaria nem negaria.

— No que estou pensando?

— No beijo que você me deu ano passado. — Quando permaneci em silêncio por um tempo, ela prosseguiu: — Eu namorei um piloto uma vez. Foi meu primeiro namorado. Ele foi um babaca comigo porque o passei em uma volta. Ele me perseguiu e bateu em mim de propósito. Depois, me xingou fora da pista. A partir dali, prometi a mim mesma que não ficaria com nenhum outro piloto. No minuto que você me beijou, eu surtei.

— É, não foi meu momento mais brilhante. Deveria ter perguntado primeiro. Garantir que você queria me beijar também. É que... achei que tinha rolado um clima.

— Eu teria ficado com você, mas...

— Você não fica com outros pilotos. É, eu entendi.

— A carreira de piloto já é difícil, para as garotas é ainda mais. Para uma garota preta... quase impossível. Não quero adicionar mais problemas do que a vida já vai me arrumar, sabe?

— Eu entendo.

— Desculpa se essa situação te deixou irritado. E desculpa também

NA SUA DIREÇÃO

por ter te jogado para fora da pista ontem. Acho mesmo que a gente precisa se unir lá na França. Vai ser bom ter um amigo.

Isso me fez sorrir.

— Não precisa me pedir desculpas por não querer me beijar. Doeu a rejeição, mas eu sobrevivi. — *E beijei uma galera naquele Carnaval para tentar te esquecer*, mas não disse isso em voz alta. — E está desculpada pelo empurrão. Não é como se não fosse acontecer outras vezes com outros pilotos durante a minha carreira. É bom pra eu criar casca.

Ela me estendeu a mão e eu apertei.

— Nós vamos ficar bem, né?

— Vamos sim. Ainda quero que a gente se encontre muito nas pistas, de forma limpa e justa.

— Eu também.

— O que você está fazendo? — perguntou Carina, na ligação.

Olhei para o meu videogame: F1 2015. Eu estava usando o jogo para treinar para a minha corrida em Hungaroring, na Hungria. Nunca tinha corrido lá de verdade. O simulador da equipe não era muito bom e só tinha conseguido treinar por algumas horas, então o videogame teria que servir de complemento.

— Vou jogar um pouco para treinar para Hungaroring. Quer vir aqui jogar?

— Estou terminando um dever da escola, mas queria que você olhasse para mim. Você é muito melhor em Biologia do que eu.

— Traz. Eu te ajudo, depois a gente joga.

— Ok. Já estou indo.

Comecei a corrida. Meia hora de jogo, a campainha tocou. Parei e fui buscá-la na porta. Enzo, meu colega de casa, estava abrindo para ela, aquele sorrisinho canalha no rosto. Ele era legal, mas não queria nada sério com garota nenhuma. Nos poucos meses em que morávamos juntos, tinha cansado de ver garotas aparecendo com ele em uma corrida e sumindo. Outras que vinham aqui em casa e nunca mais voltavam.

Não deixaria que fizesse isso com Carina. Havíamos começado mal nossa amizade, com ela me empurrando para fora da pista, mas éramos amigos. Melhores amigos.

Não sabia o que seria da minha vida aqui na França sem ela.

— Que mochila pesada — falou com seu espanhol e tom canastrão, erguendo a alça das costas dela. — Deixa que eu carrego para vo…

— Não, valeu — respondeu, afastando-se dele e vindo na minha direção.

— Querem que eu dê uma volta para dar privacidade a vocês?

De costas para ele, Carina rolou os olhos.

— Faz o que você quiser — resmunguei, apoiando a mão na base das costas dela e nos direcionando para o meu quarto.

Carina me esperou passar e bateu a porta, trancando em seguida.

— Que cara mala. Na próxima temporada, se formos ficar aqui, vou implorar aos meus pais para alugarem um apartamento para nós dois. Assim nunca mais teremos que olhar na cara dele.

Viver debaixo do mesmo teto que ela não seria tão ruim.

— Você não aguentaria morar com alguém tão bagunceiro quanto eu.

Ela rolou os olhos, sentando no meu tapete e afastando uma meia suja.

— Isso seria mesmo um desafio. Mas você vai fazer chocolate quente e me ensinar Biologia, então eu vou te perdoar.

Nós dois rimos e me sentei ao seu lado para estudarmos juntos. Eu não era bom em muitas matérias, mas em Biologia era craque. Com o trabalho dela pronto, fomos jogar videogame e treinar para a corrida.

— Pietro me chamou para sair — comentou, deitando a cabeça no meu ombro, depois de mais de uma hora de jogo.

Virei-me para encará-la na mesma hora. O meu peito ficou mais apertado, um sentimento que eu não sabia colocar em palavras.

— Sério? — escapou por meus lábios, um pouco trêmulo. Pensar nela com outro cara me deixava nervoso toda vez.

— Com isso são 18.

18 filhos da puta em um mesmo grid tentando levar minha melhor amiga para sair.

Minha melhor amiga.

— Planejando zerar o grid inteiro até o fim da temporada? — perguntei em tom de brincadeira. Não queria que ela achasse que eu a estava julgando.

Porque eu não estava.

O problema éramos nós, os dezoito pilotos do grid que nos achávamos no direito de chamar a única pilota da categoria para sair.

— Do jeito que estou indo, é possível que só sobre você, meu amigo. Porque eu já tinha levado um toco dela uma vez e aprendido minha lição.

— Alguns dos pilotos têm namoradas — argumentei.

Ela deu de ombros, largando o controle por um momento.

— Sete dos dezoito que deram em cima de mim tinham namoradas. Vocês, garotos, são meio otários.

Suspirei. Ela não mentiu.

— Não sou eu quem vou discordar. Peço desculpas em nome do gênero masculino, mas você sabe que a gente costuma pensar com a cabeça de baixo.

Ela assentiu, apertando minha mão e ficando de pé.

— Você pode se desculpar me fazendo um chocolate quente. — E sorriu, indo até a porta.

Parei por um momento, observando a silhueta da minha melhor amiga se afastar de mim. Sim, não havia dúvidas de que ela chamava a atenção de todo e qualquer cara que a visse pela frente. Linda desse jeito, carismática, inteligente… E para nós, pilotos e meros mortais, ainda tinha o fator de ser apaixonada por correr. Aquilo definitivamente carregava um peso a mais.

— Você vem ou não?

Deletei todos aqueles pensamentos da minha mente e levantei, seguindo-a. Ela era minha *melhor amiga* e aquilo teria que bastar.

QUARTO

Douglas

Aos dezessete anos, 4 de setembro de 2016...

Suspirei, encostando a cabeça no vidro da janela. Terceiro lugar na Feature Race em Monza. Baita resultado. Pena que não seria suficiente.

A GP3 seria de Leclerc esse ano. Não havia nada que eu pudesse fazer.

Mas bem que eu queria, sabe? Bem que eu queria vencer o campeonato esse ano, seria de muita ajuda. A minha realidade era outra, no entanto. Depois do carro quebrar de novo na Sprint Race de sábado, outro patrocinador meu ameaçou retirar seu apoio. Havia começado a temporada com cinco, mas um já tinha desistido da equipe. Por mais que eu me esforçasse e desse o meu máximo nas corridas, em todas as corridas possíveis, a equipe era de meio de pelotão. Equipes de meio de pelotão dificilmente venciam campeonatos. Ainda mais quando o carro dava defeito toda semana.

Mas tudo bem. Eu estava dando o meu melhor. E tinha outros problemas para resolver agora.

Meu primeiro ano morando em Paris e correndo no campeonato francês foi um sucesso. Venci. Carina terminou em terceiro. Ela ficou lá, morando na cidade, mas eu fui convidado por uma equipe alemã para correr de GP3. Sim, era o meu objetivo. Era o que eu queria. Só desejava ter sido escolhido por uma equipe melhor. Uma das líderes. A ART Grand Prix, por exemplo.

Com a mudança, acabei indo morar na Alemanha. Os primeiros meses do ano foram incríveis, de muito autoconhecimento. No ano que passei na França, via Carina quase que diariamente. Tive alguém do meu lado, alguém em quem confiar. Esse ano, porém, eu dividia o apartamento com os outros dois pilotos da equipe. Morar debaixo do mesmo teto dos seus concorrentes diretos era uma aventura.

Tudo mudou depois das férias de verão.

As equipes de Fórmula 1 eram obrigadas a parar por um mês inteiro. Todas as operações paravam. A fábrica parava. Todo mundo ia para casa descansar. E eu fui para Portugal, onde minha mãe morava, porque as duas categorias que davam suporte à Fórmula 1, que eram a GP3 e a GP2, paravam também.

O problema foi que, quando eu cheguei lá, as notícias foram desesperadoras. Minha mãe não estava se sentindo bem: ela estava muito mais magra do que da última vez que a vira, no Dia das Mães; as tarefas mais simples a deixavam exausta. Ela estava sempre reclamando de dores abdominais e nunca tinha fome. Depois de duas semanas juntos, obriguei-a a ir ao médico.

O resultado chegou quando eu estava viajando da Bélgica para a Itália. Câncer de ovário.

E era só nisso que eu conseguia pensar agora. Na minha mãe, sozinha em Portugal, tendo que enfrentar um câncer.

Porra.

Da minha janela, vi as luzes acesas de Lisboa lá embaixo. Estávamos quase pousando, até que enfim. Muitos pensamentos sobre minha mãe e o que eu faria durante esse período de tratamento dela. Minha vontade era largar tudo e ficar ao seu lado, acompanhar cada passo. Só que minha mãe tinha mudado toda a vida dela, a nossa vida, para eu investir nessa carreira. Para me tornar piloto profissional. Abandonar as pistas para acompanhar sua recuperação significaria deixar de correr na GP3. E deixar de correr na GP3 poderia acabar com minha carreira que mal tinha começado.

Fiquei na esteira esperando minha mala. Não que eu gostasse de viajar com muita coisa, mas a equipe não levava meu material de corrida, então tinha que transportar macacão, capacete, mais um monte de equipamentos.

Um dia eu teria alguém para fazer isso por mim, mas esse dia não era agora. Ainda não.

Assim que minhas coisas chegaram, fui em direção à saída com o celular na mão para pedir um Uber para ir embora. Imagine a minha surpresa quando a cara feia de Gustavo sorriu para mim. Ele segurava um cartaz e, logo que me avistou, abriu um sorriso e o cartaz.

SEJA BEM-VINDO, SENHOR RODA PRESA!

Eu ri, porque aquilo tinha que vir do babaca do meu melhor amigo.

— O roda presa aqui pegou pódio na corrida de hoje, só para constar — falei, parando bem na frente dele.

— Cadê o troféu? Prove.

— O troféu foi para a equipe — murmurei.

Eles levavam meu troféu, mas meu capacete não.

— Se não tem troféu para provar, continua sendo roda presa. — Gustavo deu de ombros. Aquilo não fazia sentido nenhum.

— Cara, o que você está fazendo aqui? Na Europa? Você não tinha que estar, sei lá, estudando?

— Tirei uma semana de folga da escola — apoiou a mão no meu ombro — porque sou um gênio das exatas. Não está feliz de me ver?

— Claro que estou. — Sorri, puxando-o para um abraço apertado. Meu melhor amigo usava um casaco, mesmo que fosse setembro na Europa e os resquícios de um clima agradável de verão ainda estivessem presentes. Poderia estar muito mais frio. — Faz sei lá quanto tempo que eu não te encontro.

— Desde o Natal, cara. É muito, muito tempo. Não estava mais aguentando de saudades do meu melhor amigo! — Ele se afastou, mas continuou me segurando pelo ombro e pegou a alça da minha mala. — Anda. Sua mãe me emprestou o carro para eu te buscar.

— E você veio dirigindo? — perguntei, deixando-o me guiar.

— Claro que não. Estou só brincando, mano. Eu sou uma criança igual a você, tenho dezessete anos. Sua mãe foi dar uma volta no quarteirão para não termos que pagar estacionamento.

— Sério, Gus, o que você está fazendo aqui, cara? Adorei te ver e tal, mas não é como se o Brasil fosse aqui do lado.

Ele abaixou a cabeça e coçou o queixo. Depois, me deu um sorriso sem graça.

— Minha mãe ficou sabendo do câncer e chorou a beça. Nem ela nem meu pai podiam largar o trabalho para vir aqui, ajudar sua mãe, você e trazer umas coisas que o pessoal lá do Brasil juntou para a tia Regina. Aí eu me ofereci como tributo para fazer essa incrível viagem para a Europa, ver meu melhor amigo e matar aula de Biologia por uma semana.

— E eles deixaram você, uma criança, viajar sozinho para outro continente? Os seus pais?

— Tudo graças ao fato de que sou uma criança *emancipada* de dezessete anos, que finalmente conseguiu liberação para fazer o último ano do ensino médio na Europa.

Parei no meio do caminho ao receber aquela notícia.

— Isso é sério? — Segurei seus ombros com ambas as mãos. — Seus pais vão deixar você se mudar?

— Pois é. Longa história. A gente conversa em casa, mas ano que vem seu Mano G estará em solo europeu. — Ele jogou o braço sobre meu ombro de novo e voltou a nos levar para o lado de fora.

Ficamos na calçada esperando alguns minutos e logo minha mãe apareceu. Era meio chato depender dela para ser minha motorista quando eu estava aqui, ainda mais considerando o tempo que eu dirigia veículos monopostos. Na França, pude tirar minha carteira de motorista, porque a idade mínima por lá era 15 anos, mas em Portugal e na Alemanha era igual ao Brasil: apenas com dezoito. Deixe crianças e adolescentes andarem a mais de cem quilômetros por hora em pistas ao redor do mundo, competindo de forma acirrada, mas nada de permitir que andem no trânsito das grandes cidades.

Ok.

Em casa, Gustavo tinha muito o que falar. Ele contou que seus pais já tinham fechado o pacote de intercâmbio para liberar que ele viesse morar em Portugal no próximo ano. A ideia era que ele vivesse com a minha mãe e estudasse em uma escola daqui.

— O lance é que o ano letivo aqui vai começar na semana que vem e, se eu só vier quando terminar minhas aulas lá no Brasil, vou perder o primeiro trimestre inteiro. Só que seu melhor amigo é um gênio e conseguiu fazer uma prova de nivelamento. Por isso, a ideia era eu vir para cá trazer as coisas e passar uma semana, mas, se conseguirem preparar as documentações por lá, já vou começar as aulas. Senão, volto para o Brasil, continuo as aulas e venho assim que possível.

— Filho, vai ser ótimo ter você por aqui — minha mãe disse, segurando a mão de Gustavo por cima da mesa. — Com o tratamento, não vou conseguir te receber como você merece, mas a casa é sua para morar quanto tempo for necessário. E Douglas está ficando aqui por vários dias antes das semanas de corrida, então vocês podem ficar juntos.

— Tia, isso é um dos motivos de eu vir também. Estar aqui com você durante o tratamento. Meus pais não podiam deixar os empregos e eu sei que não sou adulto ainda, mas vou fazer dezoito ano que vem e, no que eu puder ajudar...

Ela abraçou meu melhor amigo e vi as lágrimas surgirem nos seus olhos. Enquanto ela o agradecia, minha ficha caiu.

Os pais de Gustavo deixaram ele morar em outro continente, algo que sempre foram contra, para estar ao lado da minha mãe na doença dela.

Aproximei-me dos dois e enfiei-me no abraço.

— Chega de choro, crianças. O que vocês pretendem fazer esta semana? Filho, você vai levar o Gus para conhecer Lisboa, né?

— Mãe, minha prioridade esta semana é te acompanhar no médico. Vou ficar na cidade por duas semanas, depois tenho que voltar para a fábrica na Alemanha.

— Minha consulta é só na terça-feira e a gente já sabe o que o médico vai dizer. Que eu tenho que fazer a cirurgia. Já aceitei isso. Gustavo vai passar a semana aqui. Vocês podem muito bem conhecer a cidade nos outros dias. Quero ir também. Quando não estiver trabalhando, vou sair com vocês. São dois anos morando em Lisboa e não fiz quase nada de turismo.

— Tia, você ainda está trabalhando? — Gus coçou o queixo de novo.

— Claro, filho. Só vou receber licença no emprego quando estiver com o tratamento começando. Não sei se vai ser a cirurgia ou a quimioterapia. Tenho que conversar com o médico primeiro. Mas enfim, vamos saber de tudo isso na terça. Não quero vocês dois trancados nesta casa jogando videogame o dia inteiro.

— Tia, eu estou com o DG. A prioridade esta semana é a sua consulta. Eu vou morar aqui, posso conhecer Lisboa depois. Deixa passar a sua consulta na terça-feira para pensarmos em sair nos outros dias.

Ela parecia que ia reclamar, mas pensou melhor.

— Tudo bem. É bom vocês dois descansarem amanhã também. Douglas veio dessa semana de corrida agitada e Gustavo pegou um voo longo. Devem estar exaustos os dois.

E como. Pelo rosto cansado do meu amigo, ele também estava.

— Você acha que o médico vai mesmo tirar os dois ovários, mãe?

Isso não saía da minha cabeça. As consequências disso.

— Acho que sim — respondeu, como se não fosse nada.

— E você não está nervosa com isso?

— Com o quê? — indagou, o cenho franzido. — Com a cirurgia em si?

— Não, mãe. Ficar sem ovário. E se a senhora decidir engravidar de novo?

— Que engravidar, menino? Eu tenho quase quarenta anos. Daqui desse útero não sai mais nada.

— Mas e se você…

— Meu filho — ela me interrompeu, esticando a mão para o meu braço —, sou muito feliz porque sou sua mãe. Você é o filho que pedi a Deus. Não preciso de outro. Se tirar os dois ovários vai garantir que esse câncer vá embora e eu possa viver para presenciar todas as coisas incríveis que você vai alcançar nesta vida, então que seja. Que arranque os dois ovários e o útero junto. Eu quero é estar aqui, vivendo com vocês por muitos e muitos anos. Vou ficar satisfeita quando você me der netos para mimar.

— Tia, você nunca pensou em se casar?

— Quando eu era menina, sim. Depois que engravidei, minhas prioridades tiveram que mudar.

Suspirei, sem conseguir segurar. Encostei na cadeira, cruzando os braços. Odiava que minha mãe nunca tivesse encontrado o amor por minha causa.

— Agora que esse daí está grande, já morou fora da sua casa e tudo, a senhora não precisa mais se preocupar com ele e pode arrumar um namorado.

Ela riu, como se meu melhor amigo estivesse falando alguma bobagem e não pudesse estar mais errado.

— Vocês dois, prestem atenção no que vou falar. A gente sempre fala sobre encontrar o amor da vida, a pessoa que nos completa, a pessoa com quem vamos passar o resto da nossa existência. Quando eu conheci o pai do Douglas, achei que era ele. Achei que ele voltaria para me buscar, que me encontraria e que nós dois criaríamos nosso menino juntos. Acordei desse sonho e percebi que aquilo não aconteceria. Então Douglas nasceu e percebi que meu grande amor era ele. Dediquei todos esses anos da minha vida a fazer o que eu pudesse para o meu filho ser feliz. Porque isso me faz feliz. Ver tudo que ele está alcançando é o auge da minha felicidade. E agora que ele já é um homem, que mora longe da minha casa, eu quero focar em mim mesma. Quero que o grande amor da minha vida seja eu. Se aparecer um parceiro em algum momento, tudo bem, mas quero dedicar essa nova fase da minha vida a fazer coisas por mim. Viajar. Conhecer lugares. Aprender novos hobbies. Mas, antes, preciso estar saudável. Então cuidar da minha saúde é o mais importante.

— Tia, já que a gente está falando disso, quero perguntar uma coisa desde que eu era criança, mas se você não quiser responder, tudo bem.

— O que você quer saber, Gus? — Ela se levantou, caminhando até a geladeira. — Querem beber alguma coisa? Um refrigerante?

— Água — pedi, me manifestando depois de um tempo. Toda aquela conversa estava mexendo com a minha cabeça.

— Eu também, tia.

— Diga o que quer saber, menino — pediu ela, tirando uma garrafa de água e trazendo com três copos para a mesa, onde nos servimos.

Antes mesmo que ele abrisse a boca, minha pele se arrepiou por inteiro.

— Como foi que você conheceu o pai do DG? Como foi que descobriu que ele era piloto de Fórmula 1?

Minha mãe suspirou, tomou um gole d'água e se voltou para mim.

— Filho, vocês dois têm idade suficiente para saber a história completa, mas, ao longo dos anos, você já me disse como se sente sobre seu pai. Que não queria mais ouvir falar dele. Se não quiser mesmo saber, eu posso contar para o Gus em outra hora.

Parei por alguns segundos, pensando. Relembrando a história que tinha ouvido várias vezes quando criança. De fato, minha mãe nunca havia me contado tudo em detalhes, apenas a versão infantil resumida. Eu queria saber? Como aquilo me afetaria? Encarei Gustavo, que parecia curioso. Depois minha mãe, cujos olhos carregavam sentimentos mistos. Ela parecia querer contar sua versão da história, realmente contar, e eu achava que, no fundo, eu também queria saber qual era a desse pai famoso piloto de Fórmula 1 que eu nunca tinha conhecido.

— Conta, mãe.

E ela nos contou tudo.

QUINTO

Regina

19 de março de 1998.

Terminei de trocar o uniforme no banheiro dos funcionários, passando a mão molhada pelo cabelo mais uma vez para garantir que o frizz estivesse todo sob controle. Respirei fundo e saí para viver mais um dia de trabalho.

Felizmente, uma semana de palestras na faculdade — da qual eu não participaria — diminuiria ao meio minha jornada dupla, o que me fez aceitar pegar o turno de domingo de uma amiga e ficar sem folga naquela semana. Longe de mim deixar de ganhar um dinheiro extra para ficar em casa descansando — eu precisava muito terminar de pagar a faculdade para sequer considerar uma coisa dessas —, mas o fato de não precisar ir para as aulas noturnas depois de um dia inteiro servindo os hóspedes do hotel era motivo de alegria. Eu até poderia participar de algumas palestras e enriquecer meus conhecimentos, mas a única coisa que tinha em mente para aqueles dias era dormir cedo para recuperar o pouco sono dos últimos meses.

Trabalhar, estudar e fazer o bendito TCC era demais para mim. Eu só precisava de um tempo.

Olhei minha ficha de atribuições daquela manhã. Eu estava com três andares, do sexto ao oitavo, com os quartos de check-out. Normalmente, nossa equipe se dividia entre a limpeza dos quartos que seriam esvaziados — e eu costumava ser responsável por eles — com outra funcionária limpando os quartos com hóspedes. Não era diferente essa manhã. Comecei pelo oitavo andar, indo de um em um. Quando estava finalizando o último, meu supervisor bateu na porta e entrou.

— Rê, quanto falta aqui?

Ergui o rosto brevemente, logo voltando a trocar as fronhas.

— Só preciso fazer a última verificação e vou para o sétimo andar.

— Os outros aqui do oitavo estão prontos? — Quando eu apenas assenti, ele puxou o walkie-talkie da cintura e chamou a recepção. — Vai estar liberado em minutos. O 16 já está livre.

— Ok, obrigada — nossa recepcionista respondeu, sua voz mecanizada pelo uso do aparelho.

— Tem um cliente importante vindo para esse, Rê. Seja rápida, mas confira tudo antes de sair.

Apenas assenti, voltando à minha tarefa. Ele bateu a porta e comecei a fazer o checklist para garantir que tinha ajustado. O lixo do banheiro! Será que eu tinha colocado as toalhas novas lá? Caminhei até o cômodo, verificando que não. Tirei o lixo antigo, peguei a toalha suja que estava pendurada no gancho e voltei para o quarto. Assim que descartei tudo nos lugares indicados dentro do meu carrinho, ouvi o clique da porta.

O cliente importante estava ansioso para entrar no quarto.

— Oh, desculpe — o homem falou, a voz profunda. — Disseram que eu podia vir.

Meu Deus do céu.

Eu estava diante do que deveria ser o homem mais sexy e delicioso que já encontrara na vida. Apesar da pele branca demais, demonstrando a mais completa falta de exposição ao sol, ele era alto e moreno, olhos verdes. A mandíbula marcada tinha uma leve barba do dia anterior, um pouco do cabelo caía nos olhos. Usava calça social cinza-chumbo e uma camisa branca de botões com os dois primeiros abertos.

E eu estava em silêncio havia tempo demais.

— Já terminei, senhor. Estava de saída. Peço desculpas. — Agarrei meu carrinho e empurrei em direção à porta. Ele estava parado lá e me deu passagem assim que me aproximei. Ao passar por ele, senti o cheiro do perfume caro e apressei-me em dizer: — Tenha uma boa estada no Almada Hotel.

O homem não disse mais nenhuma palavra, apenas bateu a porta de leve atrás de si. Fui direto para o elevador de carga. Demorou bem mais que o esperado; quando ouvi o estalar do elevador enfim chegando ao meu andar, a porta de um dos quartos se abriu. Era o dele.

— Oi — chamou, segurando a própria porta e voltando na minha direção. — Desculpa incomodar. Você pode me conseguir uma toalha? Não encontrei no quarto.

NA SUA DIREÇÃO 37

Droga. Tinha esquecido de repor. Abaixei-me para pegar tanto as duas de rosto quanto a de banho. Caminhei até ele, que ainda segurava a porta para não bater.

— Peço mil desculpas, senhor. Aqui estão as toalhas. — Ouvi o som das portas do elevador se fechando de novo e me xinguei mentalmente, porque teria que aguardar que ele viesse outra vez. — Posso ajudar em mais alguma coisa? — Coloquei-as sobre suas mãos e dei um passo atrás.

— Não, obrigado. Só as toalhas mesmo.

Assenti, abaixando a cabeça em despedida, e voltei para meu carrinho. Por sorte, o elevador apenas havia fechado e não tinha deixado o andar. Entrei com o carrinho e apertei para o andar abaixo. Enquanto as portas se fechavam, reparei que ele ainda estava lá, parado à porta de seu quarto. Ao me ver observando, ele me deu um sorriso lento, sem mostrar os dentes, mas que fez seus olhos brilharem.

O dia passou atarefado. Para minha surpresa, aquela não foi a única vez que vi o hóspede bonito. Quando terminei o sétimo andar e as portas do elevador se abriram, ele estava do lado de dentro. Não era incomum que hóspedes usassem os elevadores de serviço, mas devíamos deixar seguir e esperar que voltasse vazio. Então parei de empurrar o carrinho e fiquei parada. Ao ver as portas se fecharem, ele se jogou e estendeu o braço.

— Não vai entrar? — indagou, o cenho franzido.

— A preferência é sua, senhor — justifiquei, congelada no lugar.

— Por favor, o elevador é grande o suficiente para nós dois.

Entrei e apertei para o andar seguinte. Apesar de não dirigir nenhum olhar para ele, não consegui deixar de pensar no homem. No fato de que agora ele usava outra calça social, porém preta, com uma camisa polo verde-escura. E continuava sendo o espécime mais bonito do gênero masculino que eu já tinha visto. Pensando em seu perfume delicioso.

Mas o próximo andar chegou rapidamente e eu segui com meu trabalho. Depois do almoço, fui encarregada de apoiar uma sessão de fotos que estava acontecendo na cobertura. Havia um pedido de bebidas e algumas bandejas de almoço. Empurrei meu carrinho, levando tudo pelo elevador de serviço. Bati à porta e fui recebida por uma mulher madura de rosto sério. Ela deixou que eu entrasse e gritou para quem estivesse dentro algo em um idioma que eu desconhecia. Aquele era um quarto especial no hotel. Além do quarto maior que o normal, mais espaçoso, havia uma varanda *especial*, com uma jacuzzi e uma vista maravilhosa da praia de Copacabana.

Alguém estava sendo fotografado, mas não me atrevi a olhar. A mulher me indicou que colocasse as refeições em uma mesa dentro do quarto e dispus os pratos e bebidas lá. Para minha surpresa, quando todos que estavam do lado de fora entraram, um dos homens era o convidado misterioso.

Que usava nada mais que uma sunga branca e azul.

Azul ficava muito bem nele.

Recusando-me a deixar meu olhar vagar pelo corpo que parecia ser espetacular pelos vislumbres que tinha, terminei meu serviço e voltei para o carrinho.

— Posso trazer algo a mais para os senhores?

— Você ainda vai trazer as sobremesas? — indagou o homem que estava tirando as fotos e que ainda tinha uma câmera na mão, seus olhos focados nela.

Conferi na minha lista de tarefas. Eu deveria ficar à disposição para servi-los até as 15h, mas não havia pedido de sobremesa.

— Não foi pedido, senhor. Apenas a refeição e as bebidas.

— Ah, eu esqueci — a mulher que me recebeu falou. — Vitor não conseguia decidir o que ia querer, então acabei não pedindo de ninguém. — E voltou-se para mim. — Podemos pedir agora para você?

Assenti e peguei meu bloco. Todos fizeram os pedidos, menos o cliente importante gostoso de sunga.

— Vitor? — o terceiro homem no cômodo, o único usando um terno completo, chamou sua atenção e gesticulou para o cardápio. — Sobremesa?

— Não, querida, obrigado — falou diretamente para mim. — Açúcar demais faz mal.

— Consegue trazer tudo em meia hora? — indagou a mulher.

Acenei, afastando-me. Meia hora depois, retirei os pratos da mesa e entreguei as sobremesas. O homem já estava do lado de fora, fazendo flexões. Ele não estava errado, açúcar fazia mesmo mal. E ele devia comer de forma bem saudável para manter aquelas costas musculosas e a bunda durinha.

Droga, olhei para onde não deveria.

Fiz mais algumas tarefas para eles, depois fui liberada, felizmente. No tempo em que fiquei naquele quarto, entendi que o cliente importante era algum tipo de modelo. Ele estava sendo fotografado de sunga, mas o foco parecia ser nos relógios, porque ele ficava trocando e o fotógrafo pedia que posasse de várias formas que destacavam o objeto.

Não fiquei olhando muito também para não ser antiprofissional. O homem era delicioso, eu já tinha visto, com as marquinhas perfeitas de seu abdômen, a bunda durinha, o tão desejado V. Só não podia ficar analisando demais para não ter desejos estranhos como o de lamber cada entradinha de seu peito esculpido por Deus.

O restante do meu turno correu sem mais encontros com o desconhecido. Tirei meu uniforme e juntei com o outro, do dia anterior, que estava sujo também. Levaria ambos para casa para lavar. Eu tinha três uniformes e gostava de deixar um limpo sempre ali para emergências. Tirei o que trouxera de casa de dentro da bolsa, guardei e fechei a portinha. Caminhando no corredor até a saída dos fundos, vi um hóspede vindo na minha direção. A questão era que aquela não era uma região que muitos hóspedes passavam e que aquele em específico era o cliente gostoso e misterioso. Ao me ver, seu rosto se inundou de alívio. Ele abaixou o headphone para o pescoço e parou na minha frente.

— Oi. Você me atendeu hoje diversas vezes e eu não sei seu nome.

Sorri de leve. Ninguém perguntava o nome da camareira.

— É Regina. Posso ajudar em algo, senhor Vitor... — deixei no ar, esperando que ele continuasse. Tinha ouvido chamarem-no de Vitor, mas não sabia mais que isso.

— Vito. Sem o "r".

Hm, ok.

— Posso ajudar em algo, senhor Vito?

Ele assentiu, um sorriso tímido no rosto.

— Estou perdido neste hotel enorme. Achei que a academia era por aqui, mas dei na porta de saída.

Foi a minha vez de sorrir. Aquela não era a primeira vez.

— Eu o acompanho até a academia.

Em silêncio, caminhamos juntos até a academia. Ele sorriu para mim quando parei na porta e tocou meu antebraço de leve.

— Obrigado. Tenha um bom descanso.

Assenti para ele e me afastei. Hora de ir para a faculdade. Felizmente, última aula da semana.

Na manhã seguinte, minha rotina foi a mesma. Liberar os quartos para os novos hóspedes. E encontrei Vito quando estava deixando o quarto ao lado do seu.

— Bom dia — saudou, com um sorriso. — E a gente continua se encontrando...

— Bom dia, senhor Vito — desejei, segurando mais firme no meu carrinho. — Espero que tenha tido uma boa-noite de descanso.

— Não existe a possibilidade de minha noite ter sido ruim em uma cidade linda como a sua, mas consigo pensar em algumas maneiras de que ela poderia ter sido melhor.

— Sinto muito. Se eu puder trazer algo para o senhor que vá melhorar sua experiência...

Ele me deu um sorriso lento, safado, e só então me dei conta do duplo sentido da conversa. Meu rosto teria ficado vermelho tomate se não houvesse tanta melanina na minha pele. Obrigada, Deus, pela minha melanina.

— Seu turno sempre acaba naquele horário de ontem? — perguntou. E troquei a perna de apoio.

— Sim, senhor.

— Por favor, me chame só de Vito.

— Sim, Vito.

— Quais são seus planos para hoje depois do trabalho? Você me acompanharia em um drink?

Minha mente ficou em branco. Meu cérebro derreteu. O quê? Ele... Nós... Aquilo foi... Vito estava me convidando para sair?

— Eu... — *O que eu respondo?* — Não vou fazer nada, mas...

— Ótimo — rebateu, antes que eu pudesse concluir, e começou a se afastar de costas no corredor. — A gente se encontra naquele mesmo corredor? Quer que te espere em outro lugar?

Meu Deus. Isso era sério?

— Eu não sei...

— Estarei lá no mesmo horário de ontem te esperando. Não aceito não como resposta, Regina. Tenha um bom-dia.

Como eu deveria responder? Estava completamente sem palavras.

— Você também.

O dia inteiro, minha mente ficou viajando nas possibilidades. Novamente, pediram que eu servisse o almoço da equipe dele. Dessa vez, porém, não havia fotos de sunga. Eles estavam em uma das salas de reunião do hotel, debruçados em papelada. Servi o almoço e o lanche. Vito sorriu para mim e me agradeceu, mas não mencionou o fato de que tinha marcado um *encontro* comigo. Quer dizer, um drink. Um drink era um encontro? O que aquilo incluiria? Onde nós iríamos? Tinha vindo trabalhar em um simples jeans e regata. Minha roupa íntima era confortável, talvez com um furinho ou dois. Eu tinha vindo com um tênis velho. O oposto do que vestiria se um cara, qualquer cara, me chamasse para beber alguma coisa. Ainda mais oposto do que eu usaria se um cara *importante, gostoso, sexy, delicioso, dono de um tanquinho rasgado* me chamasse para um drink.

Eu estava tão ferrada.

Rezei para a hora não passar. Rezei para que o momento do meu turno acabar nunca chegasse. Porque era bem possível que eu fosse morrer quando enfim o encontrasse no corredor. Morreria de vergonha completa e absoluta.

Mas a hora passou. Eu vesti minhas roupas comuns, básicas e sem graça e saí da área dos funcionários. Felizmente, dei de cara com um Vito vestido casualmente quando pisei no corredor combinado. Jeans escuro, polo preta. As mãos nos bolsos. Um lindo sorriso preguiçoso se esticando em seus lábios ao me ver.

— Ei, bela — saudou, desencostando-se da parede. — Pronta?

— Tem certeza? — perguntei, sem precisar explicar em detalhes do que estava falando. Ele sabia a que eu me referia.

— Tenho *muita* certeza. Vamos. Estive ansioso o dia inteiro. — E estendeu o braço, oferecendo para mim.

— Para onde vamos?

— Não muito longe — garantiu, pegando minha mão e prendendo em seu braço quando não me movi. — Um amigo sugeriu um bar em Botafogo. Você deve saber a distância melhor do que eu.

Era perto.

Vito era bom de conversa. Ele começou a falar o que sabia sobre o bar e me perguntar sobre cervejas brasileiras. O assunto foi navegando entre as bebidas que eu gostava, comidas típicas… Foi só então que percebi que era por isso que ele tinha um sotaque diferente. Vito não era daqui. Português, talvez?

Havia um carro esperando por nós na parte de trás do hotel. Fomos sentados perigosamente próximos no banco traseiro, com o assunto fluindo. Já estávamos quase chegando ao bar quando criei coragem para perguntar de onde ele era.

— Sou italiano, *bella*. O que entregou? Foi o sotaque?

— Você fala português muito bem. Não foi o sotaque. Acho que foram as perguntas sobre a culinária brasileira.

— Meu avô é português. Ele se recusa a falar italiano, então toda a família aprendeu pelo menos um pouco.

O carro parou e ele saiu, segurando a porta aberta para mim e esticando a mão para me ajudar a descer. Levou minha mão ao seu cotovelo e nos guiou para dentro do bar.

Pedimos drinks, eu o fiz experimentar petiscos brasileiros, e nós conversamos. A noite foi agradável, divertida e tranquila.

Nem vi o tempo passar.

Conversamos sobre o Brasil, sobre a Itália. Sobre sua família e a falta da minha. Falei sobre minha faculdade, o fato de que eu estava prestes a terminar. Vito se interessava, escutava, fazia perguntas. Fazia muito tempo que ninguém se interessava tanto por mim.

Quando vi que já passava das oito da noite, avisei que teria que ir embora. Precisava pegar o ônibus e trabalhar cedo no dia seguinte.

— Posso te levar em casa?

Parei por um segundo e pensei naquele homem, com aquele carro chique que nos trouxera até ali, chegando na Barreira do Vasco.

— Eu não moro em uma das áreas mais tranquilas da cidade, mas você pode me levar até o ponto de ônibus, depois eu subo o morro andando.

— Tem certeza? — indagou, franzindo o cenho. — Não é perigoso?

— Um pouco, por isso preciso ir embora. Mas seria pior se você entrasse com aquele carro chique na favela.

Ele assentiu, mas eu não tinha certeza se havia entendido totalmente.

— Vou pagar a nossa conta, já volto.

Ele se levantou, pegando nossas comandas, e foi até o caixa. Pagou e voltou para me buscar, entrelaçando logo nossos dedos.

Assim que chegamos do lado de fora, o carro já nos esperava. Passei o endereço ao motorista, que conhecia a região e arregalou os olhos de leve. Expliquei que ele deveria me deixar no ponto de ônibus ao pé do morro e ele concordou, parecendo um pouco mais aliviado. Quando o motorista deu partida, Vito apoiou a mão livre na minha perna de leve. A outra ainda estava entrelaçada na minha, sobre sua coxa.

— Vou poder ver você amanhã de novo?

— Imagino que vamos nos esbarrar de novo em algum momento durante o dia, principalmente se me derem o seu andar para limpar outra vez.

— Não é isso que eu quero. — A mão da minha perna subiu para prender uma mecha de cabelo que havia se soltado do rabo de cavalo em algum momento. — Quero te levar para sair de novo. Posso?

Ele queria repetir a noite de hoje? Outro encontro?

— Se é isso que você quer…

Ele sorriu e concordou com a cabeça. Sua mão estava na curva do meu pescoço, acariciando de leve.

— Amanhã tenho muito trabalho a fazer, mas nada vai me impedir de estar no nosso corredor de sempre, no mesmo horário, esperando para te levar para sair.

— Ok — falei, nervosa, sem saber como exatamente reagir.

— Além disso, sabe outra coisa que estou ansioso para fazer? — Subiu a mão para a minha bochecha, aproximando o rosto de mim. Nossos olhares estavam presos.

— O que seria? — sussurrei, ansiosa demais pelos próximos segundos para ter certeza do que ele queria de mim.

— Beijar você inteira, a noite inteira. Como eu sei que não vai ser possível agora, vou começar devagarinho. — Sua boca encontrou minha bochecha de leve. — Se quiser que eu pare, é só dizer.

Eu não tinha nem voz naquele momento para me manifestar com qualquer coisa. Aceitei seus beijos, que desceram pela minha bochecha, pelo meu pescoço e subiram pela minha garganta, até ele morder meu queixo. Com o corpo mole, à sua mercê, pronta para entrar em combustão, deixei que seus beijos chegassem à minha boca, que ele me devorasse.

Sua mão soltou a minha e encontrou minha cintura por dentro da camisa. A outra, que estava no meu rosto, agarrou meu pescoço, guiando o beijo. A mão da minha cintura foi subindo, subindo, a ponta dos dedos roçando meu sutiã, fazendo meu mamilo endurecer de imediato. Também não perdi tempo, apertando forte sua coxa com uma das mãos e traçando seu abdômen por dentro da blusa com a outra. A imagem dele de sunga estava fixa na minha mente e eu queria poder desfrutar desse corpo para valer.

O caminho para casa pareceu mais curto do que nunca. Montada em seu colo, parávamos para respirar entre os beijos, mas ele continuava acariciando meu corpo e falando besteiras ao meu ouvido. Fazendo promessas. Dizendo palavras em outro idioma, que eu imaginava ser italiano. Mas o trajeto terminou e nós paramos no meu ponto de ônibus antes que eu estivesse pronta para desistir do seu corpo.

— Regina… — chamou, sério. — Volta comigo para o hotel. Não precisamos fazer nada que você não queira, só…

Bem que eu queria poder…

— Hoje não, Vito. — Desci do seu colo para o lado onde estava a porta e peguei minha bolsa. — A gente se vê amanhã. — Beijei o canto da sua boca e abri a porta.

Ouvi seu suspiro enquanto descia. Bati a porta, mas o vidro da janela do carro logo desceu.

— Hoje não, tudo bem, mas saiba que vou cobrar.

Pisquei para ele, sem ter mais nada para acrescentar além de um:

— Boa noite, Vito.

— Boa noite, *bella*.

Na sexta-feira, fui colocada para arrumar os três primeiros andares. À tarde, me deixaram responsável pelo salão de eventos. Com mais três funcionários, organizamos tudo para um evento que começaria naquela noite. Por conta disso, não vi Vito em nenhum momento o dia inteiro. No meu horário de saída, estava ansiosa pelo nosso encontro, mas logo que vi seu rosto, pude perceber que algo estava errado.

— Vou ter que quebrar minha promessa, *bella* — falou, assim que cheguei perto dele, apenas um passo entre nós. — Apareceu um compromisso que eu não esperava.

— Não tem problema — garanti, deixando que ele segurasse minha mão. Se alguém do trabalho visse, pegaria no meu pé, mas não era proibido. — A noite passada foi incrível o suficiente e…

— E eu quero compensar amanhã. Vou embora no domingo à tarde. Você vai trabalhar?

— Sim — suspirei, pensando na minha falta de folga essa semana. — Peguei turno de uma colega. Vou trabalhar amanhã e domingo.

— Deixe eu te levar para sair e passe a noite comigo. Se você não quiser voltar para o hotel, porque trabalha aqui, eu reservo um quarto em outro lugar. Quero que a gente tenha tempo e privacidade para ficarmos juntos.

Como eu disse ontem, não precisamos fazer nada que você não queira. Só quero ficar com você.

— Tudo bem, posso trazer minhas coisas e passar a noite com você, depois trabalhar direto daqui. Mas não se preocupe, não precisamos ir para outro hotel. Ninguém aqui vai se intrometer na minha vida se nos virem juntos.

Um sorriso lento e preguiçoso se espalhou em seu rosto.

— Que bom. Eu estava me perguntando exatamente isso, porque não ia aguentar te deixar ir embora sem fazer isso.

Suas mãos voaram para minhas bochechas e ele me empurrou para trás, até que minhas costas bateram na parede do outro lado do corredor. Sua boca esmagou a minha com uma fome única.

E eu me deixei levar por alguns momentos naquele beijo arrebatador.

Depois do trabalho na sexta, fiquei confusa entre colocar a roupa que tinha vindo para o trabalho — minha melhor calça jeans e uma blusa bonitinha — ou o vestido que fazia muito tempo que estava guardado no meu armário, esperando uma oportunidade de ser utilizado. Ele não era nada chique, apenas uma peça bonitinha e pouco utilizada do meu guarda-roupa. Um simples vestidinho xadrez preto e cinza. Com mil dúvidas girando na minha mente, decidi que a ocasião merecia uma produção um pouquinho melhor.

Coloquei o vestido. Retoquei o batom. Peguei a gargantilha e a argola que também estavam guardadas na bolsa. Reapliquei o desodorante. Encontrei as rasteirinhas. O ideal seria um salto, mas não havia cabido na bolsa já grande. Prendi as tranças que minha vizinha tinha feito no dia anterior, já que eu havia voltado mais cedo para casa, em um rabo de cavalo alto. Respirei fundo e saí do banheiro dos funcionários, direto para o meu armário.

As outras meninas que estavam ali durante a troca de turno me provocaram por estar bem vestida, querendo saber para onde eu iria, mas desviei das perguntas incômodas e saí, despedindo-me de todas elas. No mesmo lugar do dia anterior no corredor, estavam Vito e a mulher que trabalhava com ele, que eu tinha encontrado nos dois dias em que o havia servido. Um sorriso enorme se abriu em seus lábios assim que me viu.

— *Bella* — saudou, beijando minha bochecha como cumprimento —, pronta para irmos? — Quando eu acenei com a cabeça, ele prosseguiu: — Pensei se você não quer deixar sua bolsa no meu quarto para não ter que carregar. Vi você chegando hoje cedo e percebi que ela era maior do que a mochila dos outros dias.

— Ah — soltei, sem saber exatamente como agir. — Acho que… Acho que quero sim.

— Tudo bem se Giulia levar lá para cima para não termos que subir?

Concordei, apenas pegando minha carteira de dentro antes de entregar a ela. Não precisaria de mais nada ali de dentro, acreditava. Assim que entreguei, Giulia sorriu e se despediu de nós. Com sua partida, Vito passou as mãos pela minha cintura, descansando uma delas sobre a minha bunda, e beijou meus lábios de leve. Sorrindo para mim após o beijo, completou:

— Você está linda hoje. Ainda mais linda do que já é.

Engoli em seco e abaixei a cabeça, meu rosto esquentando com o elogio.

— Você também — murmurei, sem saber exatamente como responder.

— Vamos antes que o babaca em mim assuma, eu desista de fazer o certo e te leve lá para cima.

Dito isso, ele manteve um dos braços na minha cintura e me levou em direção à saída. O mesmo motorista da outra vez nos levou em um restaurante ali mesmo em Copacabana. Fiquei feliz por ter optado pelo vestido. Não que fosse algum lugar extremamente caro, mas eu teria me sentido um pouco deslocada de jeans. Vito estava muito mais carinhoso naquela noite. Nós nos sentamos lado a lado em uma cabine, em vez de frente a frente, porque o lugar tinha música ao vivo e assim ficamos mais próximos para conversar. Sua mão não deixou minha coxa em nenhum momento, ele beijava meu pescoço sempre que possível. Vito era divertido, estava leve hoje. Eu quis perguntar sobre seu trabalho de modelo, mas não sabia como. A oportunidade surgiu quando ele mesmo resolveu falar sobre a noite anterior.

— Sinto muito por ter cancelado com você ontem, de verdade.

— Não precisa se desculpar.

— Eu vim ao Rio para fotografar para algumas marcas, você viu a sessão de fotos naquele primeiro dia. Mas acabou surgindo outra oportunidade de negócios e meu único horário vago para resolver foi ontem à noite. Teria te pedido para me encontrar mais tarde, só que não sabia quanto tempo duraria. Acabou se estendendo mais do que o previsto.

— É sério, eu entendo. Você está aqui a trabalho, não para me entreter. Não precisa se justificar por ter que resolver suas coisas. Eu entendo. Mesmo. Posso me contentar com o tempo que você puder me oferecer.

Ele ficou um tempo parado, apenas me olhando. Subindo ambas as mãos para o meu pescoço, acariciou com o polegar minha garganta, minha mandíbula, meus lábios. Olhando fundo em meus olhos, declarou:

— Essas tranças ficaram lindas em você. Esse vestido destacou o quanto o seu corpo é lindo, o quanto suas coxas são perfeitas e os seios incríveis que minhas mãos mal podem esperar para segurar. Toda vez que te vejo, seja de perto ou de longe, fico pensando em como fazer para poder te ter em meus braços, te segurar, simplesmente estar na sua presença. Tenha isso em mente, Regina. Posso estar aqui a trabalho, mas queria que meu foco fosse você. Queria que você estivesse comigo o tempo todo, ao meu lado. Ter que cancelar nosso encontro ontem à noite foi uma tortura. E pretendo passar todas as horas que me restam na cidade respirando o mesmo ar que você.

Antes que eu pudesse dizer qualquer coisa, ele trouxe o meu rosto para o seu. Nós nos beijamos devagar, um beijo que me despertou diversas sensações, que me arrepiou da ponta do pé ao último fio de cabelo. Em algum momento, a mão dele desceu para o meu colo, vagando por dentro do meu vestido e roçando a bainha da minha calcinha. Sim, eu queria a mão dele ali. Queria tanto que até esqueci que estava em público.

Ele estava prestes a empurrar minha calcinha para o lado quando senti a aproximação de alguém na mesa. Quebrei nosso beijo, vendo a chegada da garçonete com nossa comida.

Envergonhada, abaixei a cabeça para o prato à minha frente. Vito falou com ela, mas eu me foquei no jantar. Sua mão voltou a vagar pela minha perna de vez em quando, mais modesta. Voltamos a conversar sobre a vida, sobre a família dele, sobre a vida no Brasil, sobre a minha faculdade. A noite foi passando e a garrafa de vinho diminuindo o conteúdo. Quando estávamos prontos para ir, eu estava mais do que preparada para termos privacidade.

Mal atravessamos a porta do seu quarto antes de ele estar em cima de mim, me empurrando contra a parede, ajoelhando-se à minha frente e subindo meu vestido para me devorar.

Eu me derreti por ele, ele se derreteu por mim. No fim, restaram nossos corpos amontoados na cama, os braços explorando a noite inteira, um infinito deslizar por cima, por baixo, por trás, devagar, mais rápido, mais forte.

A conexão foi instantânea e a química, explosiva. Era como se nossas almas estivessem ligadas uma a outra, intensificando cada sensação, nos obrigando a repetir tudo aquilo até a completa exaustão nos dominar.

Na manhã seguinte, eu acordei por um milagre. Sem meu despertador, ficou a cargo do meu relógio biológico me fazer levantar. Para a minha sorte, não haveria transporte público, porque eu estava dormindo no meu local de trabalho. Os vinte e sete minutos antes do meu turno teriam que ser utilizados com muita sabedoria.

Tentei levantar sem fazer barulho, já que Vito ainda dormia ao meu lado, mas meus passos pelo quarto o despertaram.

— Volta para a cama, *bella* — pediu, a voz sonolenta, grave e muito sensual.

Como eu queria poder.

— Não posso, desculpa. — Corri até ele e deixei um selinho em seus lábios. — Vou me atrasar para o meu turno.

Abri o chuveiro e, quando as primeiras gotas começaram a cair pelo meu corpo, ouvi o barulho da porta de correr do box.

Sem falar nada, Vito me empurrou contra a parede de azulejos e me beijou. Minha previsão tinha sido um banho de cinco minutos, mas acabou levando quase o triplo, cada segundo valendo a pena. Depois de dividirmos o chuveiro, apressei-me ainda mais para poder descer. Vito me deixou sozinha, fazendo minhas coisas, mas, no momento em que estava fechando o zíper da bolsa, senti sua chegada por trás de mim. Ele passou algo por cima da minha cabeça e olhei para baixo, vendo que era um escapulário que ele usava e que não havia tirado em nenhuma das vezes em que tínhamos nos encontrado.

— Fica com você — sussurrou no meu ouvido, beijando o topo da minha cabeça. — Você me devolve quando eu voltar.

— Quando você voltar? — indaguei, meu coração acelerando.

— Isso aqui não acabou, Regina. — Ele virou meu corpo para ficar de frente para o seu. — Tenho que ir embora para outro compromisso, mas eu vou voltar. Virei atrás de você. É uma promessa. — Ele me beijou de leve, me soltando. — Agora vai, antes que eu te prenda na minha cama e faça você perder seu turno.

NA SUA DIREÇÃO 49

29 de março de 1998...

Uma semana depois da partida de Vito, todo o meu corpo ainda sentia sua presença. Era como se eu fosse vê-lo a qualquer momento nos corredores do trabalho. Como se eu fosse passar pela recepção e vê-lo de volta para cumprir sua promessa. Mas a verdade era que ele não tinha me dito quando voltaria. E eu nem sabia como as coisas iriam funcionar. Ele morava na Itália, sua família estava toda lá. Por mais que tivesse dito que queria estar perto de mim, que desfrutava da minha presença, por que Vito faria isso? Por que deixaria o seu país por uma *camareira* com quem tinha passado apenas alguns dias?

Eu não podia me iludir. Tinha que ser realista e aceitar que os dias que havíamos vivido tinham sido incríveis, mas dificilmente voltariam a se repetir.

Entrei na copa dos funcionários para tomar um café antes de voltar à minha última tarefa daquele turno: a limpeza da academia. Havia outros dois funcionários lá, vendo algo na televisão. Servi meu café e sentei à mesa com eles.

— Acredita numa coisa dessas? — indagou João, da segurança. — O cara é retardatário e bateu no líder da prova.

— Esse maluco nunca deveria pilotar na Fórmula 1 — resmungou Wagner, da recepção. — Ouvi dizer que ele foi super mal educado com o pessoal que teve que servi-lo aqui.

— Quem disse isso?

— A Isadora. Serviu a equipe dele na sexta-feira.

— De quem vocês estão falando? — perguntei, olhando para a TV.

Estavam aparecendo vários carros e eu não entendia nada.

— Vito Conti — falou João, mas nem precisava, porque na mesma hora o rosto do homem que eu pensava ser modelo e com quem havia passado a melhor noite da minha vida na semana anterior apareceu na televisão, tirando um capacete. — Aquele famosinho que esteve aqui na semana passada.

Uau. Ele era piloto?

— Eu jurava que ele era modelo. — Os dois me olharam estranho. — Eu servi a equipe dele duas vezes. Em uma delas, ele estava fazendo sessão de fotos.

Não falei que tinha passado algumas boas horas da minha vida ao lado do homem, que ele tinha me visto nua e que não havíamos tocado uma vez sequer no fato de ele ser piloto.

— E como ele foi com você? Te tratou bem?

Segurei um suspiro para não dar muito na cara. Pensei de imediato na forma carinhosa como ele havia me tratado, em como tinha sido estar na cama dele. No fato de que Vito era um amante dedicado, generoso. Que abria a porta do carro, que me tocava com delicadeza e tinha me dado inúmeros orgasmos na mesma noite, provavelmente mais do que a soma que meu ex-namorado havia me dado em dois anos juntos. Optei por uma versão mais profissional.

— Foi muito educado e respeitoso todas as vezes que precisei falar com ele. Não sei do que Isadora está falando, de repente algo aconteceu, mas não foi assim comigo.

Eles continuaram conversando, mas não contribuí tanto. Fiquei calada, pensando no que havia acontecido. Tinha conhecido um homem, me envolvido com ele, mas acabei descobrindo que havia todo um lado de sua vida de que eu não fazia ideia. Vito Conti era famoso, importante, um atleta.

E não havia me dito uma palavra sobre o assunto.

Bom, se eu tinha uma leve esperança de que ele voltaria para me ver, tal esperança se desfez por completo. Aquele homem tinha coisas mais importantes acontecendo.

O que tínhamos vivido seria apenas uma memória distante para ele.

E eu queria que fosse assim também para mim.

SEXTO

Douglas

Aos dezoito anos, 7 de outubro de 2017.

Segunda vez na Espanha em um mesmo ano. Segunda vez sendo tratado como lixo por boa parte dos espanhóis que eu encontrava. O racismo das pessoas aparecia nas pequenas coisas, fazia muito tempo que eu lidava com algumas dessas situações. Dava até para dizer que eram coincidências infelizes. Todas as vezes que eu pisava na Espanha, tais coincidências infelizes pareciam se multiplicar. Ano passado, na corrida em Barcelona, um cara me viu sentado com a camisa da equipe e perguntou se eu poderia ajudar a levar umas caixas para o nosso motorhome. Achei estranho, mas concordei. Quando cheguei lá, ele me apontou as caixas e pegou o celular para mexer. Fiquei esperando que ele pegasse primeiro, porque eram muitas caixas e pareciam pesadas. Eu não me importava de ajudar, principalmente se estivesse à toa, mas ele achou que eu fosse um dos mecânicos da equipe, que também tinham a função de carregar as coisas. Ao descobrir que eu era um dos pilotos, se desculpou profusamente.

Esse ano, voltei ao mesmo circuito em maio. Um jornal local pediu à minha equipe uma entrevista com os pilotos. Quando cheguei, os outros dois da minha equipe já estavam lá, de macacão. Eu não tinha vestido o meu, estava apenas com a camisa da equipe. Mais uma vez. A jornalista que nos entrevistaria se virou para mim e me pediu água. Ela havia pedido uma entrevista com os três pilotos da equipe e nem sequer tinha pesquisado quem éramos na internet? Ela havia pesquisado e tinha uma memória ruim? Eu não sabia. Não tinha resposta. Só sabia que, mais uma vez, havia sido confundido com um funcionário só por não ser o estereótipo do piloto branco, rico e europeu.

Esses tinham sido os casos mais marcantes em cada uma das passagens anteriores. Houve situações mais sutis, olhares, comentários. Mas nada me preparou para o episódio da segunda passagem. Era um circuito diferente, em Jerez de la Frontera. E eu entendia que era apenas um piloto qualquer da GP3, não era como se todo mundo tivesse a obrigação de me conhecer, mas eu ser piloto não era a única razão para ter o direito de ser bem tratado. Era obrigação daquela gente ter um mínimo de educação.

Era comum que a GP3 ocorresse no mesmo fim de semana que a Fórmula 1, utilizando o mesmo circuito e estrutura. Não era esse o caso do GP em Jerez. Éramos apenas nós e a F2. Saí apressado do box da minha equipe depois da classificação em direção ao motorhome, porque tinha esquecido minha camisa da equipe lá e precisava dar algumas entrevistas para o dia seguinte. Deveria ter feito com o macacão de corrida, mas o pessoal da equipe pediu que eu estivesse só com a camisa. Quando cheguei lá, vi que estava enrolada na minha mochila e amassada. Xinguei baixinho, mas esse não foi o pior: uma caneta tinha estourado na mochila e manchou a camisa. Voltei então com a camisa na mão e vesti uma minha branca normal.

Assim que cheguei à porta da sala onde gravariam as entrevistas, Pietra, a assessora da minha equipe, me olhou torto.

— O que eu faço com você? — Bufou, balançando a cabeça e pegando a camisa de mim. — Vou pegar outra. Entra lá e avisa que estaremos prontos em dois minutos.

Ela saiu em disparada. Fui até o segurança na porta e fiz sinal para ele me deixar entrar. O homem cruzou os braços e me olhou torto.

— *Quién és usted?*

Hm, meu espanhol era bem fraco. Portunhol mesmo.

— *Soy un piloto* — comecei, rezando para piloto ser piloto também em espanhol. — *De Hanz.*

— *Los chicos de Hanz ya estan. Quién és usted? Que quiéres acá? Dónde está tu placa?*

— Placa?

O que seria placa? Placa de quê?

— *Vete, niño! No pertenecés aquí!*

— Senhor, eu sou um dos pilotos — desisti do falso espanhol, o nervosismo crescendo em mim.

— *Vete! Quieres que crea que un mono como tú es piloto?*

Mono. Eu sabia muito bem o que aquela palavra significava. *Macaco.*

NA SUA DIREÇÃO

Olhei em volta, percebendo que havia pessoas paradas ao nosso redor, nos encarando. O tom de voz do segurança já era alto, mas ele havia aumentado nas últimas frases e ofensas.

E eu sabia que deveria rebater, revidar, mostrar que ele estava sendo preconceituoso e não me conhecia. Mas suas palavras reverberavam na minha cabeça e eu perdi minha voz. Para piorar, o homem me empurrou pelo peito. Sem esperar tal atitude sua, eu caí de bunda no chão.

Humilhado.

E ele veio na minha direção, preparando-se para me chutar.

— Douglas? — Ouvi uma voz preocupada me chamar. Isso fez o homem parar antes de desferir o chute, tempo o suficiente para a dona da voz se colocar entre o homem e eu, de costas para ele. — Douglas? O que houve?

Carina. Minha amiga.

Aquilo me deu um estalo. Preparei-me para levantar, aceitando sua mão estendida.

— Eu...

— Douglas, o que você ainda está fazendo aqui fora? — indagou Pietra, retornando. Pegou no meu braço e me arrastou na direção da porta de novo.

— O... segurança... — comecei, gaguejando para explicar. — O segurança não quis me deixar entrar...

— Também, cadê seu bendito crachá, garoto?

— Você está bem? — indagou Carina, me segurando pelo braço.

Assenti, sem conseguir dizer as palavras.

— Te ligo depois daqui.

— Ele está comigo — avisou Pietra, me puxando atrás de si.

E o homem que tinha me ofendido e me derrubado no chão apenas saiu do caminho, os olhos ligeiramente arregalados.

Ela empurrou uma camisa no meu peito enquanto subíamos uma escada para o segundo andar pelo lado de dentro.

— Vista. Rápido. Estamos atrasados.

Sem dizer uma palavra, puxei uma camisa e vesti a outra, sem parar de caminhar ao seu lado. Ela segurou minha camisa para mim e me empurrou para dentro da sala.

Eu não sabia como tinha conseguido responder as perguntas. Nem conseguia repetir exatamente o que tinham me perguntado e como eu havia respondido. Estava confuso demais para registrar o que estava acontecendo.

Dali, voltei para uma reunião de equipe sobre o dia seguinte, que durou horas. Primeiro com a turma completa, depois apenas com meu engenheiro. Quando enfim terminamos, fui até o quarto dos pilotos. Era um cômodo de tamanho médio, com um banheiro, uma cama, dois sofás e três armários. Infelizmente, ter que dividir o espaço com mais dois caras era um pouco incômodo. Dependendo da equipe na F2 — agora a GP2 era chamada de Fórmula 2 —, eu teria meu próprio quartinho. O problema era que eu não estava conseguindo me manter nem na GP3, quanto mais na F2.

O carro desse ano era muito difícil de pilotar. Quase impossível. Porém, um dos pilotos se adaptou melhor a ele; com isso, ficou com as melhores peças e atualizações para o carro. Eu e o terceiro piloto estávamos nos ferrando por conta própria.

Todas essas coisas se somavam sobre mim. Para o dia seguinte, não tínhamos muita perspectiva. Largaria em décimo quarto em ambas as corridas e meu engenheiro queria que eu lutasse para ficar na zona de pontuação.

Eu não tinha saído de casa no Brasil para ficar na zona de pontuação das categorias de base. Havia mudado minha vida, a vida da minha mãe, para outro continente para ser campeão. Para chegar a uma boa equipe na Fórmula 1. Para conquistar o mundo.

Estar em uma equipe ruim pelo segundo ano, sem conseguir ver minha mãe tanto quanto eu gostaria, gastando uma grana com a saúde dela e ainda sofrendo situações como a aquela? Como era difícil me manter motivado nessa carreira!

Assim que pisei fora do quarto dos pilotos com a mochila nas costas, pronto para voltar para o meu hotel, vi Carina encostada na parede, os braços cruzados. Ela abriu um enorme sorriso e estendeu os braços para mim.

Envolvi sua cintura e a ergui do chão, abraçando minha amiga com força. Seu cheiro de sabonete fresco, o calor dos seus braços. O carinho no seu toque.

De uma forma inexplicável, senti uma lágrima escorrer pelo meu rosto. Não, eu não iria chorar. O mundo poderia estar me sufocando no momento, mas...

— Ei, o que está acontecendo? — Carina se afastou, segurando meu rosto entre as mãos.

Sequei a lágrima até com certa violência e dei um passo para trás.

— O que você está fazendo aqui na Espanha? Não sabia que você viria.

— Amigo, a gente precisa *tanto* conversar. De ontem para hoje aconteceram umas coisas malucas, juro. Não tive nem tempo de te mandar mensagem, mas estou aqui e vou te falar tudo. O que você vai fazer agora?

NA SUA DIREÇÃO

— Ia descansar no meu hotel, mas com você aqui…

— Ótimo. Vem comigo. — Ela entrelaçou nossos dedos e começou a me puxar pelo corredor. — Vamos sair de perto de ouvidos fofoqueiros para eu te contar os babados.

— Essa galera não entende uma palavra de português, pode falar à vontade.

— Eu arranjei outra equipe pra você correr no ano que vem. Para nós dois corrermos, na verdade — falou baixinho, fazendo jus ao segredo que essa situação era. — Eles estão investindo legal em diversidade e querem colocar uma mulher, porém precisam de um piloto confiável para garantir pontos para a equipe e investirem em mim. Entende?

— E o piloto confiável sou eu?

— Espero que seja. Meu empresário se reuniu com a equipe hoje de manhã. O investimento que conseguiram para o próximo ano é bacana, mas vamos ter que fazer um pouco de publicidade para alguns dos patrocinadores. Eles não tinham certeza do nome para esse piloto confiável, mas já conversaram com um garoto chinês que venceu alguma categoria de base por aí e fecharam. Eu vou assinar meu contrato esta semana. E prometi que tinha o piloto perfeito para a terceira vaga. O que você acha?

— Ca, aqui não vão renovar comigo — declarei, colocando o pé fora do motorhome e a guiando para a saída. — Meu empresário está procurando outra equipe para eu ir. Ele queria a Fórmula 2, mas com os resultados deste ano piores que os do ano passado…

— Então você tem que fazer isso comigo. — Ela nos parou no meio do caminho e segurou meus ombros. — A equipe vai surpreender ano que vem. Nós dois vamos estar juntos de novo, vamos mostrar que conseguimos trabalhar para fazer um bom carro. Vamos conseguir bons resultados e você vai competir pelo título de novo. Depois vai ser uma briga enorme entre as equipes da F2 por você. Confie em mim.

— Em você eu confio — garanti. — É em mim que não ando confiando muito — revelei, deixando aquele dia horroroso cobrar seu preço sobre mim.

— Amigo, o que aconteceu naquela hora mais cedo? Aquele segurança te empurrou, não foi?

— Ele não acreditava que eu era o piloto da Hanz. Disse que já tinha outros lá dentro. E me chamou de macaco.

— Ah — soltou, obviamente sem palavras. Eu teria ficado sem

palavras também. — Sinto muito, amigo. — Ela me abraçou de novo, arrastando a unha na minha nuca em um carinho que me arrepiou.

Era fácil ser amigo de Carina depois do ano que havíamos competido na França. Tínhamos convivido juntos por tempo demais. Havíamos feito companhia um ao outro. Tínhamos ajudado um ao outro. Só que havia momentos específicos em que meu corpo se lembrava de que ela era a mulher mais linda a andar sobre a face da Terra. Esse era um desses momentos. Relembrar a mim mesmo da nossa amizade era um desafio muito grande para eu enfrentar.

— O que eu posso fazer para você esquecer esse maldito? Porque, se eu soubesse o que estava acontecendo naquela hora, tinha falado umas verdades na cara dele.

Suspirei, imaginando Carina fazendo exatamente isso.

— Ca, você sabe que só teria piorado.

Ela respirou fundo e assentiu, passando o braço pelo meu e voltando a caminhar para a saída.

— Vamos para o seu hotel. Vamos conversar com seu empresário. Depois, eu vou te humilhar no videogame.

— Vamos.

SÉTIMO

DOUGLAS

11 de setembro de 2022, aos 23 anos...

No topo do pódio, boa parte da minha vida passou diante dos meus olhos. Dizem que sua vida passa diante dos seus olhos quando você morre, mas comigo aconteceu também depois de vencer a última prova da Indy de 2022.

Não deu para ser campeão, mas aquela vitória me garantiu o vice-campeonato. Depois dos últimos anos e de tantas mudanças, eu não poderia estar mais feliz. Em 2016, meu primeiro ano de GP3, consegui bons resultados. Terceiro lugar no campeonato de pilotos para um novato podia ser considerado bom. Depois, em 2017, com os tratamentos da minha mãe e o ano ruim da equipe, contentei-me com o sétimo lugar no campeonato. Em 2018, disputando ao lado de Carina, fui campeão. Aquilo me rendeu um lugar na Fórmula 2 em 2019. Fiz um primeiro ano aceitável, quarto lugar. Depois, 2020, veio a pandemia. Foi caótico. Perdi todos os meus patrocinadores e o meu assento. Fiquei em casa, com minha mãe e Gustavo, fazendo live na Twitch.

Em 2021, Carina aconteceu na minha vida de novo. A mesma equipe que tinha aberto as portas em 2018 para nós resolveu investir na F2 e levou nós dois como seus pilotos. Corremos juntos e eu venci o campeonato. Era esperado que eu tivesse uma vaga na Fórmula 1, mas não aconteceu. Preferiram meu concorrente, que ficou em segundo e tinha mais grana de patrocínio. Fechei como piloto reserva da McLaren e fui correr na Indy. Não queria ficar parado, apenas seguindo a Fórmula 1 sem correr. Não me faria bem ficar sentado de braços cruzados.

Correr na Indy foi muito bom para mim financeiramente. Minha mãe parou de trabalhar de vez e veio morar nos Estados Unidos comigo. Tive que contratar uma equipe para estar comigo: um preparador físico e um assessor. O assessor foi fácil, trouxe Gustavo para resolver a minha vida. Ele cuidava dos meus voos, da minha agenda, dos meus compromissos com patrocinadores, das minhas redes sociais. Era incrível poder viajar pelos Estados Unidos com meu melhor amigo. O preparador foi uma recomendação do meu empresário. Ferreira era um cara muito mal-humorado que não me dava paz nem descanso, mas cujo treinamento me deixava pronto para qualquer tipo de exigência que correr naquele nível tivesse sobre mim.

E tio Lipe veio trabalhar na minha equipe como engenheiro. Depois de tudo que ele fez por nós ao longo da vida, poder dar a ele a oportunidade de trabalhar em uma equipe foda em um campeonato foda me deixou muito feliz.

E, mesmo em meio a todos os novos gastos, minha conta bancária finalmente começava a compensar por tantos anos em que minha mãe havia sofrido. Tudo o que tínhamos nos privado ao longo dos anos.

E era por isso que eu planejava correr na Indy por uns bons anos. A Fórmula 1 sempre tinha sido um sonho, mas não parecia realista. Era um grupinho muito fechado e seletivo. Se você não tivesse muito dinheiro para investir em uma equipe ou fosse uma lenda do esporte, não havia vaga. Eu era um bom piloto, consistente. Com certeza traria excelentes resultados para qualquer equipe que me contratasse. Eu confiava muito no meu potencial. Mas não era nenhum Lewis Hamilton, sete vezes campeão. Nem nenhum Max Verstappen, prodígio desde jovem com resultados absurdos. Também não tinha um sobrenome que me garantisse vaga e paciência, como Mick Schumacher.

Eles me queriam na Indy. Gostavam de mim. Minha equipe queria renovar. Eu não jogaria essa oportunidade fora.

— Babyyyy! — Braços voaram em volta do meu pescoço, me assustando, logo que cheguei na garagem da equipe. — Parabéns, babyyy!

Alice tinha que falar "baby" desse jeito irritante toda vez?

Aceitei seu beijo e apertei sua cintura de leve, nos separando.

— Obrigado, linda!

Dei um passo atrás, indo falar com os outros integrantes da equipe: mecânicos, engenheiros, assistentes… Todos foram importantes para a vitória de hoje. Infelizmente, Alice não entendeu o recado e ficou grudada no meu braço enquanto eu cumprimentava cada um deles.

Alice precisava partir. Demorei a começar a ter namoradas, principalmente depois do toco que levei de Carina. Saí com várias garotas e não quis relacionamentos no começo, mas a vida de piloto exige muito e é complicado me envolver com mulheres. Todo o processo de conhecer alguém, conquistar... Estava ficando complicado transar desse jeito, e eu gostava de transar. Então decidi escolher uma garota que eu gostava, me dedicar a conquistá-la e ficar com ela para não ter que passar pelo processo complicado toda vez que quisesse foder alguém.

Minha namorada mais recente era Alice. Ela era amiga de um amigo e estava sempre nas festinhas de comemoração depois das corridas. Morava em Miami, assim como eu. Acabamos nos aproximando, saímos umas três vezes e começamos a namorar. Passei a ter companhia, uma garota divertida ao meu lado e sexo com regularidade. Parecia o pacote dos sonhos para alguém completamente focado em se dar bem em seu primeiro ano correndo na Indy. Só que eu estava chegando em um ponto com ela que as pequenas coisinhas que sempre me irritavam desde que havíamos nos conhecido deixaram de ser fofas para serem insuportáveis.

Ela era grudenta. Não me dava espaço. Cobrava demais. Surtava se eu esquecesse de responder uma mensagem. Precisava estar comigo em cada segundo livre que eu tivesse.

E os apelidinhos acabavam comigo. O "babyyy" era o pior de todos.

Repito, Alice precisava partir. Quanto antes possível, para o bem da minha sanidade. Para que eu não me tornasse um babaca e fizesse algo para que ela me odiasse e terminasse comigo.

Eu só precisava ser cuidadoso com a forma como terminaria esse relacionamento. Ela era uma boa garota, que não merecia ser machucada. Só não estava funcionando entre nós.

Chegando ao motorhome da equipe, encontrei toda minha família reunida, o que arrancou um sorriso dos meus lábios. Minha mãe, tia Isa, tia Duda, Gustavo, tia Adélia, tio Mauro. Carina.

Alice felizmente me soltou para que eu pudesse cumprimentá-los e pude abraçar todos sem pressa, agradecendo pela presença. Pude abraçar Carina, tirando-a do chão. Não via minha amiga havia meses, já que ela estava correndo na Fórmula E. Alice odiava Carina, porque não entendia nossa amizade, mas isso era um problema dela. Eu não trataria uma das minhas melhores amigas diferente só porque uma namorada sentia ciúmes. Não havia motivo para ciúmes, já que minha atração tinha sido superada havia *anos*. Nós dois não fazíamos nada demais para que ela se sentisse ameaçada.

— O que nós vamos fazer para comemorar? — Carina perguntou, dando um passo para o lado.

Alice ocupou o espaço na mesma hora, grudando no meu braço de novo.

— Douglas tem uma festa às 21h para comparecer — começou Gustavo, mexendo no celular. Com certeza, estava verificando a agenda. — Qualquer coisa que vocês decidirem fazer para comemorar precisa acontecer depois das 16h. E ele precisa estar de volta no hotel às 20h para se preparar para a festa.

— Festa de quê? Babyyy, você não me falou nada. Eu não trouxe um look adequado.

— É porque você não vai, Alice — Gustavo respondeu por mim. — A festa é só para os membros da equipe. E nós vamos, Douglas, porque temos um contrato para renovar.

Suspirei. Alice reclamaria feito louca disso. O bico que ela fez pelo resto do tempo que fiquei com minha família combinando algo para fazermos nas próximas horas foi prova de que eu a ouviria reclamar por dias.

— Então estamos combinados — tio Mauro começou. — Vou fazer as reservas do jantar e passo as informações para vocês.

— Por favor, Mauro, envie para mim — pediu Gustavo, totalmente no *mood* assistente. — Vou me certificar de que Douglas esteja lá. Agora vamos dar entrevistas, vice-campeão, porque você ainda está cheio de compromissos.

Assenti para ele e me virei para a minha namorada. Ela ainda era minha namorada e estava brava, logo, eu precisava fazer algo para acalmar seu coraçãozinho.

— Ei, eu vou te compensar depois. Não fique chateada. — Fui lhe dar um selinho, mas ela virou o rosto e beijei seu queixo. Suspirei, sem tempo para discutir aquilo agora. — Alice, por favor. A gente conversa depois.

Ela continuou sem me olhar. Gustavo colocou a mão no meu ombro e apertou, indicando que era minha hora de ir. Soltei a cintura de Alice e dei as costas, deixando-a lá. Teria que lidar com sua ira em outra hora. Eu tinha compromissos no momento.

Não que falar com a imprensa fosse algo de que eu gostasse, mas fazia parte do trabalho. E eu amava demais outras partes daquele trabalho, o suficiente para tolerar dar entrevistas e gravar conteúdo para as redes sociais.

Tornei-me um piloto que entendia a importância de gerar conteúdo on-line. Não que eu gostasse, mas era importante para os patrocinadores. Criar presença nas redes sociais, apresentar um conteúdo que o público

NA SUA DIREÇÃO

gostasse de assistir. Virar uma pessoa relevante para quem me acompanhava e torcia por mim. Na época da pandemia, por exemplo, o dinheiro que recebi pelas lives que fiz ajudou que eu não acabasse no vermelho.

Passei pelas várias entrevistas para os jornalistas de todo o mundo cobrindo a competição. Gravei conteúdo com dois influenciadores brasileiros de automobilismo. Porém, como prometido por Gustavo, fiquei livre pontualmente às 16h. Entrei no carro com meu amigo, dirigindo pela cidade. Eu tinha um carro que dirigia por Miami e nas corridas próximas dela. Porém, aquele era outro ponto positivo da minha nova vida como piloto da Indy: eu tinha um carro da equipe para dirigir em todas as cidades que fôssemos.

E eu gostava de dirigir. Alguns pilotos reclamavam de fazer isso fora das pistas, que não podiam acelerar como faziam durante as corridas, mas eu adorava. Era um momento do meu dia em que eu ficava tranquilo, em paz, concentrado. Aquilo me relaxava por inteiro. Eu desfrutava de cada segundo atrás do volante, fosse a mais de duzentos quilômetros por hora ou a trinta.

Meu celular tocou na hora que destravei a porta do carro. Puxei o aparelho e vi que era Martin, meu empresário.

— Oi, cara! — respondi, abrindo a porta. Gustavo já estava do lado de dentro, mas me olhou, certamente querendo saber se eu precisava de privacidade ou não. A gente já se conhecia havia tanto tempo que conversava no olhar. — Tudo bem?

— Parabéns pela corrida de hoje, campeão.

— Obrigado, Martin.

— Mas a gente precisa conversar. Apareceu uma proposta para você que... vamos precisar analisar juntos. Você está sozinho? Pode conversar?

— Gustavo está comigo, estamos saindo daqui do autódromo e vamos encontrar minha família. Mas diga, proposta de quê?

— Uma categoria para você correr no ano que vem.

Suspirei, pensando em mudar minha vida toda de novo. Não.

— Não sei se quero sair da Indy. Você sabe que me sinto bem aqui, gostaria de renovar com a equipe ou encontrar outra na categoria. Acha que não consigo?

— As coisas parecem promissoras para você na Indy, ainda mais com os resultados do seu primeiro ano. Mas essa proposta... tenho um bom pressentimento sobre ela, DG. Quero que pense a respeito.

— Que categoria seria?

— É uma categoria nova. Fórmula Nation. Para ser sincero, eles querem rivalizar com a Fórmula 1 e possuem investidores e muita gente interessada. As equipes são divididas por países. Se concordar, você vai representar o Brasil.

Minha mente começou a girar.

— Quantas equipes? Quantos pilotos por país?

— Doze equipes. Dois pilotos. Um homem e uma mulher, obrigatoriamente.

— Vamos competir homens e mulheres juntos?

— Isso.

Não era comum. Em todos os meus anos desde que eu havia ido para a Europa, tinha competido com Carina e mais umas duas pilotos, no máximo. Eu nunca tinha estado em um grid com mais de uma.

Seria diferente. Interessante.

— É uma categoria nova, Martin. Tem certeza? E se a categoria não der certo?

Ele suspirou do outro lado.

— Eu sei que você está muito feliz na Indy e que eu te aconselhar a tentar outra categoria pode parecer loucura, mas parece que vai ser um sucesso. Eles têm grandes fabricantes embasando a categoria, o carro parece promissor, as patrocinadoras vão investir muito dinheiro, a mídia está pronta para divulgar, diversas empresas de comunicação do mundo inteiro estão prontas para fazer a transmissão. E o dinheiro, cara. 112% a mais do que você recebe para correr na Indy.

Fiz a conta por cima. Foda.

Mais uma chance de melhorar e muito a vida da minha família.

— Posso pensar?

— Nós temos duas semanas para dar uma resposta. Vou te mandar todos os detalhes da proposta por e-mail. Quero que você tenha em mente que conseguiu deixar sua marca na Indy e que, se tudo der errado e você quiser sair de lá depois de um tempo, vou atrás de uma equipe para você e creio que consigo algo. Três equipes me enviaram proposta para você correr com eles ano que vem. Isso não vai se perder completamente se você decidir ficar um ano fora. Eles sabem do seu talento. Sabem do seu valor. Mas pense a respeito, converse com a sua família.

Cocei a cabeça, sabendo que era uma grande oportunidade, ou Martin nem teria apresentado para mim.

NA SUA DIREÇÃO

— Vou pensar. Mande os detalhes.

Desligamos a chamada e Gustavo me encarou em dúvida.

— Está tudo bem? Vamos nos mudar de novo?

Suspirei, mas logo me dei conta de que estava ficando animado.

— Preciso que você descubra tudo que for possível sobre uma nova categoria, Fórmula Nation. Martin vai mandar informações por e-mail.

— Fórmula Nation? Já ouvi falar, alguns rumores surgiram pelos corredores.

— Descobre tudo sobre, mas já me conta o que você ouviu falar.

— Tem gente em dúvida, mas outros acham que pode realmente dar certo. Principalmente pela galera que está por trás da organização. Ex-pilotos de Fórmula 1, nomes importantes. Muita gente que trabalhou lá. Ouvi alguns nomes de montadoras fortes que estão cotadas para fornecer peças. E parece que já tem um piloto do grid atual da Fórmula 1 que vai pra lá.

— Como eu não fiquei sabendo de nada disso? — indaguei, dando partida no carro.

— Você passou esse ano inteiro focado em se dar bem na categoria. Eu passei o ano focado em fazer contatos para entrar direito nesse mercado e facilitar a vida de nós dois. Logo, ouvi muito mais fofocas de bastidores que você.

— Mais algum piloto que você tenha ouvido falar?

— Não, nada. Não ouvi o nome de ninguém na verdade. Só que estão buscando gente nas categorias de base da Fórmula 1, Indy e… basicamente, todas as categorias de monopostos que tenham relevância.

— E sobre os carros? O que você ouviu? Vão ser rápidos?

— Ouvi que a ideia é que sejam mais rápidos que os carros da Indy, mas não mais que os da Fórmula 1.

Compreensível. Nenhuma categoria era mais veloz que a Fórmula 1.

— Que países estão sendo cotados? Você sabe?

— Aqui nos Estados Unidos com certeza. Muitas das fofocas que ouvi foram por conta disso. Mas sei que França e Alemanha também estarão. Vai ter um país da Ásia, que estou achando que será o Japão, mas não tive confirmação ainda. Parece que todos os países envolvidos terão corridas, com a adição de mais alguns. E ouvi que haverá corrida na Austrália, então estou imaginando que eles estarão representados.

França. Alemanha. Estados Unidos. Japão. Austrália. Grandes nomes.

Cada informação nova trazida por ele nos quinze minutos de trajeto até o restaurante onde minha família estava reunida foi me deixando animado. O e-mail de Martin chegou no minuto que parei o carro no estacionamento. Quando vi as cifras definitivas e os valores de bônus por vitória e outros resultados, um palavrão escapou dos meus lábios. Aquilo sim mudaria minha vida.

Essa categoria tinha que dar certo. E, se não desse, eu faria Martin me arrumar a vaga prometida para voltar à Indy.

Pedi que Gustavo fosse na frente e liguei para Martin na mesma hora.

— Tudo bem? — perguntou, sem nem dizer "alô".

— Eu vou. Mas se der errado no primeiro ano, vou cobrar que você me arrume uma vaga na Indy.

Ele riu de leve, mas não hesitou.

— Dou mais notícias em breve.

PARTE DOIS

"Foi escolher o malmequer entre o amor de uma mulher e as certezas do caminho. Ele não pôde se entregar e agora vai ter que pagar com o coração."
Cara Valente, Maria Rita

FÓRMULA NATION

EQUIPES

África do Sul
Cores: Verde (principal) e amarelo
Pilotos: Adelowo Zulu e Ayana Chauke

Alemanha
Cores: Preto, vermelho e amarelo
Pilotos: Elias Weber e Mila Schröder

Austrália
Cores: Verde e amarelo
Pilotos: James Theodore e Millie Smith

Brasil
Cores: Verde e amarelo (principal)
Pilotos: Douglas Amaro e Carina Muniz

Canadá
Cores: Branco e vermelho
Pilotos: Jax Allen e Willow Green

Estados Unidos
Cores: Azul, vermelho e branco
Pilotos: Warren Lewis e Brianna Rodriguez

Espanha
Cores: Vermelho e amarelo
Pilotos: Daniel Moreno e Marta Ruiz

França
Cores: Azul-escuro, vermelho e branco
Pilotos: Jules Laurent e Camille Dubois

Itália
Cores: Verde, vermelho (principal) e branco
Pilotos: Mattia Costa e Chiara Moretti

Japão
Cores: Vermelho e branco
Pilotos: Masi Yamazaki e Akira Ozu

Porto Lazúli
Cores: Azul e dourado
Pilotos: Arthur Nogueira e Giovana Santos

Reino Unido
Cores: Vermelho, branco e azul
Pilotos: Oliver Wright e Florence Brown

CALENDÁRIO

5/3/2023: Circuito de Rua de Adelaide. Adelaide, Austrália.
19/3/2023: Circuito de Suzuka. Suzuka, Japão.
2/4/2023: Nurburgring. Nurburg, Alemanha.
23/4/2023: Circuito de Silverstone. East Meadlands, Reino Unido.
21/5/2023: Circuito de Monza. Monza, Itália.
11/6/2023: Circuito de La Sarthe. Le Mans, França.

2/7/2023: Circuito de Mônaco. Monte Carlo, Mônaco.
30/7/2023: Circuito de Jerez. Jerez de La Frontera, Espanha.
20/8/2023: Circuito de Spa-Francorchamps. Spa, Bélgica.
3/9/2023: Circuito Gilles Villeneuve. Montreal, Canadá.
17/9/2023: Indianapolis Motor Speedway. Indianápolis, Estados Unidos.
1/10/2023: Autódromo Hermanos Rodrigues. Cidade do México, México.
15/10/2023: Autódromo de Interlagos. São Paulo, Brasil.
29/10/2023: Autódromo Rainha Marisa. Ilíria, Porto Lazúli.
12/11/2023: Kyalami. Joanesburgo, África do Sul.

SISTEMA DE PONTUAÇÃO

Os pontos na categoria são distribuídos da seguinte forma:
1º: 50
2º: 38
3º: 30
4º: 25
5º: 20
6º: 14
7º: 12
8º: 10
9º: 8
10º: 7
11º: 6
12º: 5
13º: 4
14º: 3
15º: 2
Do 16º ao 24º, todos os pilotos que terminarem a corrida somam 1 ponto.

OITAVO

Douglas

Fevereiro de 2023, aos 24 anos.

Fechei o relógio no pulso, me olhando no espelho. Calça social e blazer azul-petróleo, camisa branca básica por dentro e tênis branco. Moda não era muito a minha praia, mas, felizmente, era a de Gustavo. Era inacreditável o tanto que meu melhor amigo tinha talento para coisas das mais variadas, escolher o que eu deveria vestir era uma delas.

Não que ele me tornasse um ícone fashion tal qual Sir Lewis Hamilton, que chegava ao paddock da Fórmula 1 a cada semana ostentando o melhor que esse mundo da moda tinha a oferecer, mas eu também não fazia feio. Estaria bem vestido em qualquer ocasião que aparecesse.

— Pronto? — indagou ele, parando ao meu lado no quarto.

— Pronto.

— Antes de irmos, sua tia me deu uma coisa para te entregar — falou Gus, estendendo um envelope para mim.

— Qual das tias?

— Adélia.

— O que é?

— Não sei, pô. Não olhei.

De fato, estava lacrado. Curioso, abri, olhando o lado de dentro. Havia um papel dobrado e uma foto recortada de uma revista. Assim que puxei a foto para fora, meu coração quase parou.

Era minha mãe, muito mais jovem, linda, usando um vestido xadrez. Mas, ao seu lado, o motivo do meu choque. Segurando sua cintura, havia um homem muito, muito parecido com o ex-piloto de Fórmula 1 Vito Conti. Cheguei a foto mais perto do rosto.

Não, não era parecido não. Era ele mesmo. Vito Conti. Segurando a cintura da minha mãe.

— O que foi, cara? De preto você ficou branco.

Sem dizer nada, entreguei a foto na sua mão, ouvindo os palavrões assim que ele percebeu o mesmo que eu. Abri o papel dobrado para ler o que estava escrito.

> Oi, Douglinhas. Achei aqui da sua mãe, da época em que ela conheceu seu pai. Saiu em uma revista de fofoca. Na época, eu já acompanhava Fórmula 1 e sua mãe trabalhava com Mauro. Guardei a revista para dar a ela, mas demorei a vê-la e, quando a encontrei, sua mãe estava muito abalada com a notícia da gravidez, então acabei não dando a revista. Agora, ela disse para eu dar a você. Faça o que quiser com a foto, viu?
>
> E boa sorte na temporada, filho! Amo você!

Meu Deus, que loucura.

— Cara, até dois segundos atrás eu tinha muita dificuldade de acreditar na história da sua mãe. Não que eu achasse ela mentirosa, mas era meio surreal de pensar, né? Só que com isso aqui... O homem é teu pai mesmo!

— E se não for? E se ela tiver ficado com mais alguém na época?

Ele coçou a barba, pensando na possibilidade por mais alguns segundos.

— Acho que sua mãe diria. Há muitos anos ela afirma com convicção que ele é seu pai. E aquela história que ela contou pra gente era bem detalhada.

— Detalhes demais até. Eu não precisava saber que ela viu "meu pai" de sunga e achou ele gostoso — comentei, fazendo aspas com as mãos.

— Irmão, pelo menos ela não detalhou o fato de "ter passado a noite no quarto de hotel dele". Também não preciso da imagem de como você foi concebido na minha cabeça.

Estremeci por inteiro. O que eu tinha feito para merecer aquilo?

— Vamos embora. Não quero me atrasar.

— Antes, deixa eu prender isso aqui.

Ele veio com um broche e colocou no meu bolso. Era uma bandeirinha do Brasil. Minha mente girava um pouco por pensar na possibilidade de defender o meu país em um campeonato, correr sob as cores da nossa bandeira. Eu estava feliz. Animado. E torcendo para dar tudo certo.

No dia 5 de março, em duas semanas, aconteceria a primeira corrida da Fórmula Nation, em Adelaide, na Austrália. Só que, antes da semana de corrida oficial, nos deram quatro dias de testes. Quatro dias dirigindo o carro e fazendo o possível e o impossível para entendê-lo melhor.

E eu estava ansioso por isso. Já tinha andado no carro uma vez, por duas voltas, para o famoso *shakedown*. Era uma oportunidade de andar em alguma pista para saber se o veículo estava inteiro, se ligava, se todas as partes funcionavam. Mas não tínhamos permissão de andar com o carro loucamente, por quanto tempo quiséssemos. Tínhamos limite de quilômetros rodados. O *shakedown* era nossa única oportunidade de andar fora dos treinos oficiais. Eu tinha feito isso em janeiro em Interlagos e o carro parecia bom. Rápido.

Mas não dava para ter certeza de nada. Era o primeiro ano da categoria, não tínhamos com o que comparar. Ainda essa semana, quando começássemos a andar com os carros, entenderíamos melhor onde estávamos.

E eu torcia muito para estarmos bem colocados.

Precisava me focar em correr, no automobilismo, nos carros. Não em uma foto que poderia comprovar ou não que meu pai realmente era um ex-piloto de Fórmula 1.

Não um ex-piloto qualquer de Fórmula 1. Vito Conti. Campeão Mundial de 1999.

Foda-se. Isso não vinha ao caso.

Correr. Fórmula Nation. Representar o meu país. Vencer pelo Brasil.

Minha mente, infelizmente, não me permitiu pensar em muita coisa além da foto que eu tinha deixado em cima da minha cama de hotel. Eu tentava me focar em outras coisas, mas só conseguia pensar nisso, na vontade que estava de conversar com a minha mãe, deixá-la me explicar e acalmar minhas dúvidas.

Dizer se eu deveria ou não ir atrás do homem que poderia ser meu pai.

O trajeto até o salão onde seria o evento foi silencioso. Gustavo estava ocupado ao telefone, resolvendo questões para mim, e me foquei em dirigir. Um dos patrocinadores do Time Brasil era uma grande montadora de veículos, a VTF Motors. Eles me dariam um carro para dirigir em praticamente todos os países que fôssemos e eu havia ganhado um no Brasil no dia que tinha assinado o contrato para dirigir na categoria.

Não só eu, como minha companheira de equipe. Sim, todas as equipes eram obrigadas a colocar uma mulher e um homem como pilotos. E eu havia tirado a sorte grande outra vez, porque tinham me colocado ao lado de ninguém mais, ninguém menos que Carina Muniz, minha melhor amiga.

Segunda melhor amiga, ou Gustavo me fuzilaria com o olhar.

Seria incrível tê-la como companheira de equipe de novo. Na primeira vez que havíamos estado lado a lado assim, eu tinha sido campeão. Só de correr na mesma categoria que ela, eu costumava ter bons resultados. E estava muito, muito empolgado para trabalharmos juntos de novo. Carina era inteligente, dava ótimos feedbacks e era rápida. Realmente rápida. Nós dois com o mesmo carro iríamos fazer estrago.

Só esperava que o carro fosse rápido.

Logo que chegamos ao local do evento, meu sorriso se abriu ao vê-la. Assim como eu, que tinha trazido Gustavo comigo por ser meu assistente, ela estava com Luana, a assistente dela. Ouvi o suspiro do meu amigo ao meu lado, porque aqueles dois tinham história.

Dei dois tapinhas nas costas de Gustavo, sabendo que seria um pesadelo para ele.

— Se você quiser ficar lá fora resolvendo alguma coisa e só aparecer na hora do jantar, eu posso me virar — ofereci, sabendo que ele teria feito o mesmo.

— Eu tenho mesmo uma porção de ligações para fazer — murmurou, dando as costas e se afastando antes que eu retirasse a oferta.

Como eu não tinha nenhum problema com nenhuma das duas garotas, caminhei direto até elas. Luana estava de frente para mim e logo me viu, abrindo um sorrisinho. Carina, por outro lado, só percebeu minha presença quando apoiei ambas as mãos em seus ombros nus. Ela estava usando uma calça de alfaiataria e cintura alta verde, assim como um cropped da mesma cor e decote de coração. Moldava sua cintura e expunha sua nuca, já que ela estava com um rabo de cavalo alto.

A cada ano que passava, Carina ficava mais bonita. Mais mulher. Mais gostosa.

E eu tinha que me lembrar de que éramos *apenas amigos* e que ela *não namorava pilotos*. Porque tinha horas que eu queria.

Eu queria muito.

— Um dia você vai me matar de susto. E fique sabendo que eu vou aparecer à noite para puxar o seu pé — reclamou ela, a mão no coração, o rosto virado para mim.

NA SUA DIREÇÃO

Rindo, beijei sua bochecha. Parei ao seu lado direito, o braço esquerdo sobre seu ombro.

— Como vai a dupla dinâmica?

— Entediada. Já falei com Carina que essas festas de ricos que tocam música instrumental não são para mim. Espero que a comida seja muito boa ou vou pedir um adicional de insalubridade por cada festa que eu tiver que marcar presença — resmungou Luana.

— Pode voltar para o seu hotel e dormir, se quiser. Carina terá minha companhia de graça.

Ela rolou os olhos para mim.

— Sua companhia é perigosa. Você vai levar minha patroa para o mal caminho e aquele inútil do seu assistente não vai conseguir resolver os problemas.

— Quanto exagero! — Carina rolou os olhos e passou um dos braços pela minha cintura. — O chefe passou aqui e disse para procurarmos por ele quando você chegasse. Ele quer apresentar nós dois para alguns convidados.

— Então vamos. — Estendi o braço para que ela passasse o dela por dentro do meu. — Vamos conhecer pessoas enquanto ainda estou de bom humor.

O homem mencionado era Adilson Ramos, nosso chefe de equipe. Chamamos ele apenas de Adilson, para facilitar. Gordinho, baixinho e calvo, ele era um gênio do automobilismo e do gerenciamento de pessoas. Até o momento, vinha guiando a equipe com maestria. E eu torcia para que seu brilhantismo prosseguisse durante todo o ano.

Principalmente porque eu estava nessa categoria para alcançar pódios e vitórias. Se possível, ser campeão mundial. Saí da Indy, onde fui vice-campeão, para conseguir resultados melhores, ganhar mais dinheiro e representar o meu país. Entendia se não conseguisse os objetivos de primeira, mas não queria acabar em uma das piores equipes do grid, lutando pelas últimas posições. Queria me destacar.

Antes mesmo que Adilson pudesse nos levar ao primeiro grupo que queria nos apresentar, alguém se aproximou, segurando seu ombro.

— Ramos! — falou em português, mas com um sotaque italiano carregado. — Que bom te ver, amigo!

Congelei na mesma hora que meus olhos encontraram o rosto dele.

Vito Conti.

Meu possível pai.

Adilson conversava com ele, logo apresentando Carina e eu. Ela foi a simpática de nós dois, já que eu não conseguia pronunciar uma palavra, quanto mais uma frase completa.

— Senhor Conti. É um prazer conhecê-lo. — Carina esticou a mão para ele, que a levou aos lábios e apertou.

— *Bella*, você deve ser a pilota, *hã?*

— Sim, Carina Muniz.

— O prazer é todo meu, Carina. — Malícia pingava de suas palavras. E aquilo tensionou ainda mais minha coluna. — Boa sorte na temporada, *sì?* Espero que Brasil termine em segundo, logo atrás da minha Itália. Tenho um carinho muito especial por esse país.

— Não posso prometer isso. Vamos fazer de tudo para terminar todas as corridas com uma dobradinha em primeiro e segundo lugar — respondeu, seu tom leve e brincalhão.

— Ó, *bella*! — exclamou, colocando a mão no peito. — Assim você parte *il mio cuore*, meu coração!

Esse babaca estava flertando com ela? Carina tinha idade para ser filha dele. *Eu* tinha idade para ser um filho que ele *nunca* conheceu. Um filho que ele poderia ter tido com uma mulher para quem havia prometido que voltaria e nunca mais tinha dado as caras.

— E você deve ser o piloto! — enfim falou comigo, esticando a mão na minha direção.

Levei alguns segundos para reagir. Alguns segundos para entender o que socialmente deveria fazer. Precisou que Luana, parada atrás de nós dois, me cutucasse na coluna. Estendi a mão para ele, devolvendo o cumprimento.

— Douglas. Douglas Amaro.

Pensei ter visto um flash de reconhecimento em seus olhos, mas passou bem rápido. Antes que eu pudesse estudar qualquer coisa em sua expressão, ele já estava voltando seu sorriso cafajeste para Luana.

— Quem seria você, escondida atrás dos nossos pilotos?

E jogou a mesma quantidade de flerte para cima dela durante toda a conversa. Que irritação!

Felizmente, não durou muito. Logo Adilson nos fez seguir em frente, nos apresentando a todas as pessoas que julgava importante. Infelizmente, meu bom humor tinha se esvaído por inteiro. Reuni toda a educação que minha mãe havia me dado, mas sabia que o chefe de equipe queria que eu tivesse ido além, que tivesse oferecido sorrisos e gentilezas, fizesse conversa fiada e puxasse um pouco de saco. Mas não conseguia ir além das camadas mais básicas. Parecia impossível para mim.

Logo que fomos chamados e o almoço começou a ser servido, um Gustavo apressado chegou perto de mim.

— Carina, Luana — cumprimentou-as brevemente, com um aceno de cabeça. Depois se virou para mim, me puxou para o lado e falou baixinho:
— Você viu quem está aí?

Suspirando, apenas assenti.

— Ele veio se apresentar.

Os olhos de Gustavo se arregalaram por longos segundos. Quando não falei mais nada, ele incentivou:

— E? Como foi? O que ele disse? O que você respondeu?

— Irmão, não quero falar disso. Vamos almoçar.

Deu para ver no olhar de Gustavo que ele estava curioso e queria fazer perguntas, mas respeitou meu pedido e deixou para lá. Fomos até a mesa e me sentei ao lado de Carina. Luana estava do outro lado dela e havia mais um assento vazio à minha esquerda, então os dois rivais ficaram separados por nós. Foi bom, já que os olhares mortais e as palavras de ódio não chegaram tão longe.

Em certo ponto da mesa, Vito Conti chamava a atenção com sua expansividade, seu sotaque italiano e seu jeito galanteador. Mas eu ignorei. Foquei minha atenção em meus amigos e na comida, porque não queria pensar naquele homem.

Precisava me manter focado no jogo. Focado no próximo fim de semana.

Nada poderia me desconcentrar.

NONO

Douglas

4 de março de 2023, Austrália.

— Oi, meu amor!

Abri os braços para receber minha mãe. Ela já tinha ido a muitas corridas minhas, ainda mais enquanto eu corria na Indy. Nesse ano, ela não iria a tantas. Dona Regina não voltaria ao Brasil, ficaria morando novamente em Portugal. De lá, seria fácil ir às minhas corridas na Europa e voltar às suas consultas para garantir que aquela doença dos infernos nunca mais daria as caras.

— Sua bênção, mãe.

— Deus te abençoe, meu filho.

— Já deixou suas coisas no motorhome? Quer ir lá?

— Filho, Gustavo já me levou até lá e guardou minhas coisas. Nós vimos você aqui e ele disse para eu te seguir até o box da sua equipe.

— Então vamos. — Dei o braço para ela segurar.

Após o primeiro passo em direção ao box, ergui o rosto e vi Vito Conti congelado no meio do paddock. Ele olhava direto para minha mãe, que o encarava também de olhos arregalados. Ficou mais do que claro que ele a estava reconhecendo. E minha mãe apertou meu braço com força, o que apenas confirmou.

Por alguns segundos, ele desviou o olhar para mim. Pude ver sua cabeça fazendo as contas. Mais uma vez, ele encarou minha mãe. E, logo na sequência, deu as costas para nós e desapareceu.

— Filho... — falou minha mãe, a voz fraca e trêmula. Olhei para ela, vendo que estava pálida. Nervosa. — Filho, você sabia... você viu... Era o seu pai?

— Encontrei com ele no começo da semana passada, mãe — respondi, suspirando. Fiquei de frente para ela e segurei-a pelos ombros. — A senhora está bem? Ainda quer ir comigo para os boxes?

— E se ele for atrás de mim? O que eu digo a ele? Como eu explico a situação?

Queria eu saber as respostas para tais perguntas.

— Eu não sei, mãe. — Neguei com a cabeça, acariciando seus ombros para tentar acalmá-la. — Queria ter as respostas, mas não tenho. Não sei o que fazer.

— Vou ficar no seu quartinho. Posso?

Puxei seu rosto para mim e beijei sua testa.

— Vamos, eu vou te levar.

Segurei-a pela mão e levei-a até o motorhome da minha equipe, onde eu tinha um quartinho para descansar e deixar minhas coisas. Assim que tive certeza de que ela estava bem ali, voltei o meu caminho para os boxes. Estava ficando levemente atrasado, sabia disso, mas não conseguia me focar em nada direito. Meu cérebro estava girando com informações e nenhuma delas tinha a ver com a corrida que eu faria, com a pista onde eu correria. Era a minha primeira vez naquele circuito, em um carro que nunca havia dirigido, e a curva de aprendizado tinha que ser muito rápida. Encontrar o homem que poderia ser meu pai não era algo que estava nos meus planos.

A Fórmula Nation tinha copiado coisas de várias categorias para se organizar, mas principalmente da F1 e da Indy. Na sexta-feira, tínhamos dois treinos livres. No sábado, seria a classificação. Mais à noite, uma corrida curta de grid invertido. Ou seja, dos vinte e quatro pilotos, os doze primeiros largariam em ordem trocada: o primeiro em décimo segundo, o segundo em décimo primeiro, etc. Sua duração seria de apenas um terço da corrida de domingo, a grande atração do fim de semana.

Nesse momento, eu deveria estar colocando o capacete e entrando no meu carro. Deveria estar pensando nas voltas. Nas curvas. Nos pontos de frenagem. Mas minha cabeça tentava bolar um plano para ter minha mãe nas minhas corridas sem que ela tivesse que dar de cara com Vito Conti. A verdade era que eu não sabia se ela queria ou não encontrá-lo, mas gostaria que tivesse essa opção. Pelo que sabia da história, ele tinha prometido a ela que voltaria, nunca havia dado as caras e minha mãe tinha tido que criar um filho sozinha.

Minha mão foi parar no meu peito, onde meu escapulário estava aparecendo.

Porra. Mais uma coisa.

O escapulário era meu. Não havia dúvidas disso. Minha mãe tinha me dado para que eu tivesse algo do meu pai, quando a presença do meu pai na minha vida era algo que eu almejava. Hoje, eu não dava a mínima se ele estava no meu convívio ou não. Na verdade, se ele não estivesse, poderia ser até melhor, considerando os breves minutos que tivemos contato naquele almoço. Mas aquele escapulário havia sido muito importante para mim ao longo dos anos e tinha me feito muito bem. Tinha me feito acreditar demais na minha fé. Tinha me feito acreditar que era possível vencer.

Não tinha nada a ver com ele.

Coloquei o escapulário por dentro da blusa do macacão para escondê-lo. Teria que tirar na hora de correr, porque não era permitido, mas, enquanto estivesse andando pelo paddock, o deixaria guardado.

Na minha pressa e distração, não percebi Carina se aproximar, até que ela empurrou meu ombro de leve.

— Ei, DG, ficou surdo? Estou te chamando há um tempão — reclamou, mas tinha um sorriso no rosto.

— Estava pensando em outra coisa.

— Pensa depois, migo. Estamos atrasados. Vamos logo. — E me puxou pela mão, me fazendo correr.

Assim que chegamos aos boxes, Gustavo estava lá me esperando com as minhas coisas, assim como Felipe Gamarra, meu engenheiro. Sim, depois de anos sendo meu mecânico, ele enfim estava em um cargo grande como o cara que tio Lipe sempre foi. Ele tinha trabalhado nas categorias de base da Fórmula 1 e havia sido engenheiro de corrida na Indy, mas finalmente estava vindo trabalhar comigo, sendo meu canal de comunicação com a equipe. E o fato de eu ter influenciado pelo menos um pouquinho naquele passo tão importante de sua vida, podendo retribuir um pouco do que ele sempre foi para mim, arrancou um sorrisinho dos meus lábios.

— Demorou — resmungou, assim que cheguei perto dele.

Gustavo se aproximou também.

— Minha mãe viu Vito Conti no paddock e tive que levá-la de volta para o motorhome — falei, sucinto, vendo os olhos do meu melhor amigo se arregalarem.

— Assim que eu te colocar dentro do carro, vou ver como ela está — garantiu Gus.

— Vê se alguém pode ficar lá com ela.

— Claro, amigo. — Assentiu, sério, e me entregou minha balaclava. — Lembra da estratégia para a classificação?

— Sim — garanti, mas repeti tudo com ele, querendo ter certeza até para mim mesmo de que toda aquela confusão não tinha mexido tanto com a minha cabeça.

Infelizmente, entre o planejamento e a realização, existia o imponderável. Sabíamos que não éramos o carro mais veloz do grid. No momento, estávamos mais para a terceira força. Mas Carina se classificou em quarto, mostrando o fenômeno que era minha melhor amiga, e eu fiquei em sexto. Era um bom lugar para lutar por um pódio na corrida do dia seguinte, mas era uma possibilidade ainda maior para ela.

A grande verdade era que eu só estava 70% focado em dirigir. Minha cabeça não conseguia ficar no momento. Toda essa situação com meu pai estava fodendo comigo.

Fodendo de verdade.

Depois que fiz todas as entrevistas, pedi meia hora para minha equipe antes de começar o planejamento da corrida do dia e disparei para o meu quarto. Precisava saber como minha mãe estava. Já no corredor, percebi que havia algo errado, porque minha porta estava aberta. Diminuí a velocidade, pisando mais leve. Foi quando ouvi as vozes.

— *Bella*, fale a verdade. Ele é meu filho?

— Não me chame de "*bella*", por favor.

O tom de voz da minha mãe estava nervoso. Só que não dava para saber se era medo, repulsa ou vontade de mandá-lo embora. Porque sim, aquele sotaque italiano era de Vito Conti. E Vito Conti tinha ido atrás da minha mãe.

— Regina, por favor. É ou não é?

Sem querer pensar demais, apressei o passo e cheguei à porta bem na hora que ela respondeu:

— Ele é *meu* filho.

— Mas você não fez sozinha. Eu te deixei grávida quando fui embora, não deixei?

Parado na porta, vi que minha mãe não precisava dizer as palavras, porque a resposta estava escrita na cara dela.

— Mãe, tudo bem aqui? — indaguei, chamando enfim a atenção dos dois.

Vito revezava o olhar entre nós por alguns segundos, uma expressão de assombro cobrindo suas feições. E como o covarde que era, ele abaixou a cabeça e passou por mim sem dizer mais nada. Quando me dei conta do que tinha acontecido, bati a porta às minhas costas e caminhei até minha mãe, abraçando-a.

 Ela chorou. Eu a fiz sentar no sofá e tentei acalmá-la, consolá-la. Quando achei que não poderia mais me sentir triste e sem chão, minha mãe soltou a última bomba:

 — O médico disse que o câncer voltou.

DÉCIMO

DOUGLAS

18 de março de 2023, Japão.
— Você tem meia hora para dormir, se quiser — meu melhor amigo e assistente disse.

Suspirei de alegria. Apertei seu ombro e comecei a me afastar.

— Pode me avisar?

— Sim. Sobe lá e descansa, eu te chamo.

Dei as costas e saí da sala de reunião, em direção ao meu quartinho. Encostei a porta, tirei a camisa e me joguei no sofá-cama na mesma hora. Depois da Austrália, voltamos ao Brasil por uma semana e agora estávamos no Japão. O fuso horário estava me matando. Era sábado em meio à semana de corrida e tive várias reuniões mais cedo em preparação para a Classificação. Eu estava com muito sono, lutando para não dormir em cima da mesa. Nos meus anos de GP3 e GP2, eu havia viajado por países e fusos diferentes, mas as corridas eram muito mais espaçadas. E o ano em que tinha corrido nos Estados Unidos também havia mudado minha resistência aos diferentes horários. Esse ano seria um desafio. Eu poderia ter passado esse período desse lado do hemisfério, mas era tudo muito novo e havia muito estudo e recolhimento de dados a ser feito. Lá no Brasil. Na fábrica da equipe, em São Paulo.

Além de toda a pressão que a vida profissional estava colocando em mim nesse ano, minha vida pessoal estava um caos. Meu pai, depois que tinha visto minha mãe e eu no paddock de Adelaide, na Austrália, nunca mais havia dado as caras. Não tinha entrado em contato.

Tudo bem por mim.

Mas o fato de a minha mãe estar com câncer novamente tirava meu sono. Aparentemente, no passado, o câncer de ovário tinha sido resolvido. Mas essa doença horrorosa tem essa característica: ela pode voltar. Se não igual, em outro local do corpo. E dessa vez tinha atacado a mama da minha mãe. Os médicos estavam positivos pelo fato de que haviam descoberto ainda em Estágio 1. Ela deveria precisar de cirurgia e radioterapia, mas disseram que seria resolvido e minha mãe poderia seguir em frente.

Queria que tivéssemos descoberto isso antes de eu mudar de categoria. De ter assinado um contrato para viajar pelo mundo. Na Indy, eu viajava pelo país, mas passava muito mais tempo em casa. Minha mãe tinha voltado a morar em Portugal e era lá que ficaria para terminar o tratamento. Mas eu queria *muito* estar perto dela.

Queria estar com a minha mãe em cada passo do caminho, mas não seria possível. Felizmente, eu tinha amigos próximos que considerava família.

Gustavo estava morando com ela de novo. Enquanto eu ficasse no Brasil, na fábrica, ele faria companhia para ela. Quando eu estivesse em um fim de semana de corrida, ele viria me encontrar. E uma amiga dela lá de Portugal ficava de olho nela para nós nesse período. Claro, quando o tratamento efetivamente começasse, eu planejava contratar uma cuidadora em tempo integral e tinha fortes pretensões de passar o máximo de tempo possível lá com ela.

Tudo isso circulava pela minha cabeça nos breves minutos entre eu deitar e meu sono finalmente me permitir dormir. Rápido demais, a porta se abriu, trazendo um Gustavo de olhos arregalados.

— Douglas? Está acordado?

Ergui o polegar, esfregando o rosto. Os trinta minutos já tinham passado?

— Já deu a hora?

Procurei na parede o relógio, mas não eram nem dez minutos depois.

— Não, cara. Dois advogados estão lá fora querendo falar com você.

Suspirei, ainda com muito sono para entender completamente o que estava acontecendo. Apenas olhei para ele, incentivando que falasse mais.

— Não disseram muito, só que eram advogados do Vito Conti.

— Porra. — Suspirei, sentando no sofá. — O que esse babaca quer? Manda entrar.

Gustavo abriu a porta e indicou que os dois entrassem. Sem perder tempo, estenderam a mão para mim e começaram a falar em inglês:

— Senhor Amaro, tudo bem? Somos Brad Oaks e Theo Guillard, da

Oaks & Guillard Advogados. Estamos aqui representando nosso cliente, Vito Conti, de quem o senhor alega ser filho.

Franzi o cenho na hora. Em momento nenhum eu tinha alegado isso.

— Eu não aleguei nada sobre ninguém em lugar nenhum — respondi, cruzando os braços. — Eu não tenho pai.

— Bom, estamos aqui porque nosso cliente concordou em fazer um teste de paternidade para confirmar ou não a suspeita, mas precisaremos que o senhor e sua mãe assinem um acordo de confidencialidade.

Que porra era essa? Teste de paternidade? Onde que eu tinha falado qualquer coisa sobre ser filho dele? Minha mãe meio que podia ter deixado subentendido que eu era filho dele, mas não havíamos falado sobre isso para outras pessoas. O assunto não tinha saído daquela sala. Se alguém estava afirmando aquilo, era o próprio Vito Conti.

Nós nem havíamos pedido nada dele.

Para piorar, um dos advogados abriu uma pasta e tirou uma folha de dentro. Provavelmente, o acordo de confidencialidade que ele queria que assinássemos.

Por curiosidade, peguei para olhar. Não passei da primeira linha, porque a raiva subiu. Entreguei o papel de volta para eles.

— Nem eu nem minha mãe queremos ter nada a ver com seu cliente. Diga a ele para enfiar esse acordo no meio do cu e ir se foder. Agora, com licença, porque quero dormir antes da minha Classificação. — Apontei para a porta, sem querer muito assunto.

— Senhor Amaro…

— Por gentileza. — Andei até a porta e abri, incentivando a saída deles. Sem paciência.

A contragosto, os dois saíram com as caras feias. Mas não eram bonitos mesmo, não tinha como fazerem uma cara diferente.

Sentei-me no sofá de novo, apoiei os cotovelos nos joelhos e escondi o rosto nas mãos. Ninguém tinha pedido àquele homem para dar as caras por aqui fazendo exigências. Pior, havia mandado recado pelos advogados.

Foda-se.

Ele não tinha me ajudado em nada nesses anos, a menos que você considerasse que o desejo de conhecer meu pai tivesse me colocado no caminho do automobilismo. A questão era que esse desejo de conhecer o homem que havia contribuído para eu estar vivo apenas com os espermatozoides tinha passado havia tempos.

E ele não atrapalharia a minha vida com esse papinho de pai. Não. Eu estava conquistando as coisas por conta própria, correndo em uma categoria relevante, representando meu país, ganhando grana suficiente para mudar a vida da minha família de forma definitiva.

Cheguei ao topo e trouxe meus amigos comigo, aqueles que sempre me apoiaram. E iria ainda mais longe, sem dúvidas.

Com o sono perdido, levantei do sofá e fui estudar a estratégia do dia. Entraria naquele carro possuído, dedicado a vencer.

Foi o que fiz. Desci para os boxes antes. Vesti todos os equipamentos de segurança. Entrei no carro. E esperei. Assim que recebi a luz verde para seguir, acelerei. E ninguém acelerou mais que eu naquela tarde de sábado.

A pole position era minha. Carina ficou em sexto. E, como eu disse, nosso carro era a terceira força do grid.

Na corrida, em que as ordens de colocação eram invertidas, larguei de décimo segundo e fui parar em terceiro. Sim, no pódio. Volta mais rápida da corrida. O mais veloz em ritmo puro. Se houvesse mais dez voltas, eu teria vencido. E ninguém me pararia no dia seguinte.

Passei por diversas obrigações depois do pódio. Entrevistas, coletiva, reunião com a equipe, estratégia para o dia seguinte... Quando voltei para meu quartinho com o meu prêmio na mão, resolvi ligar para minha mãe.

O sorriso gigante em seu rosto era a mais pura demonstração de que era só aquilo que eu precisava. O carinho dela. O quanto essa mulher havia batalhado para eu chegar onde estava... Ela, sim, merecia que eu dedicasse meu tempo e minha vida.

— Você está feliz, filho? Com a decisão que tomou? — perguntou, aconchegando-se mais no sofá onde estava e puxando a coberta para mais perto do queixo.

— Estou, mãe — afirmei, com um sorriso no rosto. — Tivemos vários recordes de transmissão e público no circuito lá em Adelaide. E estamos fazendo *muito* conteúdo de mídia para TV e internet. Sem contar o documentário que vai sair em alguma plataforma de streaming que não sei qual é no final da temporada. E os carros são bons. Enfim, eu...

A porta do meu quarto se abriu com força, a maçaneta batendo na parede. Lá fora, com os braços cruzados e o cenho fechado, estava Vito Conti. O ódio que emanava dele vinha em ondas desconcertantes.

— Preciso ir — falei apressado, sem tirar meus olhos dele. — Falo com a senhora mais tarde. — E desliguei.

O que esse babaca queria?

— Você tem um minuto? — perguntou em português, com seu sotaque pesado.

— Para você? Nem meio minuto. O que você veio fazer aqui?

— Ouvir você mandar eu me foder na minha cara.

DÉCIMO PRIMEIRO

Douglas

Parei no meio do quarto, os braços dobrados na altura do peito. Não queria entrar em conflito com aquele homem, mas ele estava aqui e parecia pronto para uma discussão.

Uma discussão ele teria.

— O que eu disse mais cedo para os seus advogados está dito. Nem eu nem minha mãe devemos nada a você, muito menos queremos ter algo a ver. Não precisa se preocupar conosco. Pode continuar seguindo sua vida como se nós não existíssemos. Foi o que você fez todos esses anos.

Era inacreditável o quanto ele parecia disposto a estragar o meu dia com sua soberba e cara feia.

— Se você é meu filho, eu quero ter certeza.

— Eu tenho zero interesse em ser seu filho, senhor Conti. Pode dar meia volta e retornar para onde esteve nos últimos vinte e cinco anos.

— Eu falei com a sua mãe naquele dia. — Ele fechou a porta atrás de si e deu um passo para mais perto de mim. — Ela confirmou que acredita que você pode ser meu. Então meus advoga...

— Sim, os seus advogados. Dois babacas que apareceram aqui mais cedo e queriam que eu assinasse um acordo de confidencialidade, como se *eu* estivesse implorando para ser seu filho. Não estou. Não dou a mínima para quem foi o doador de espermatozoide.

— Eles só queriam me proteger de aproveitadores, que...

No meio de sua fala, eu comecei a rir. Sim, os advogados estavam atrás do que era melhor para o seu cliente. Mas o melhor mesmo era ele ficar longe da gente.

— Por que você tem algum interesse em ser meu pai? Já te falei, não queremos nada com você. Pode ir embora e seguir com a sua vida. Não vamos correr atrás de você pedindo pensão. Nem tenho mais idade para isso.

— Você seria meu herdeiro. Meu único herdeiro. E a sua mãe…

— Cara, na boa, não existe motivo para você insistir nisso. Vá embora. Volte para sua vida. Deixe a herança para a caridade. Encontre uma mulher e engravide-a também para deixar toda a sua fortuna. Eu não preciso mais de um pai. Não preciso do seu dinheiro. E minha mãe não precisa de um companheiro como você.

— Um companheiro como eu? *Ragazzo*, você nem me conhece.

— O que eu sei sobre você é que você transou com a minha mãe e prometeu que voltaria, mas nunca mais deu as caras. Não se preocupou com ela há vinte e cinco anos, por que está se preocupando agora? Naquela época, sendo mãe solteira, ela precisou de você. Agora não precisa mais. Vá embora.

— Não foi assim que aconteceu! — exclamou, o dedo em riste na minha direção. — Você não sabe como foi! Não sabe se eu voltei ou não!

— Se você voltou e deixou minha mãe grávida do seu filho, não acha que a história fica pior ainda? A verdade é essa, senhor Conti. O senhor foi ao Brasil, transou com uma brasileira e foi embora sem olhar para trás. Minha mãe não deve ter sido a única em tantos anos como piloto. Eu devo ter irmãos espalhados por esse mundo afora. Uma mulher em cada país, uma a cada ano em que você correu na Fórmula 1. Não seria surpresa para ninguém.

— Você não me conhece para me acusar de ser assim. — Chegou mais perto, encostando o dedo no meu peito. — E se você é meu filho, *ragazzo*, precisa aprender a me respeitar.

Outra vontade de rir surgiu no centro do meu peito e não me segurei. Caminhando para trás, dei a volta por ele e fui em direção à porta, abrindo-a.

— Minha mãe me ensinou que é preciso respeitar para ser respeitado. Desde que você viu minha mãe no paddock naquele dia, está desrespeitando a nós dois. Na maneira como fala, como exige as coisas. Não queremos nada de você. Por favor, retire-se. Não gostaria de ter que envolver a segurança.

Com os olhos duros e a mandíbula travada, ele passou por mim. Quando ficamos frente a frente, parou.

— Isso não vai ficar assim, *ragazzo* — avisou.

— Desista.

Sem dizer mais nada, ele se foi.

E ainda bem, porque eu estava prestes a socá-lo na cara. Como um homem poderia ser tão inconveniente? Ninguém o chamou aqui. Ninguém o convidou. Ninguém exigiu que ele deixasse sua vida para vir atrás de mim ou da minha mãe. Eu não queria saber a história dele, a desculpa que inventaria para nunca ter ido atrás dela. Era óbvio o motivo: minha mãe tinha sido apenas um dos muitos casos dele. Essa história do escapulário era só para enganar a pobre mulher inocente que minha mãe havia sido.

E ele já tinha causado muito dano.

Ela se negou de tudo por anos. Viveu para trabalhar, para me dar uma boa educação e para que eu pudesse ser piloto. Minha mãe nunca mais encontrou o amor, deixou de lado sua juventude e se privou de várias coisas. Muitas vezes, eu pensei o que teria sido da nossa vida se ele estivesse presente. Se tivesse cumprido a promessa que havia feito a ela. Se a valorizasse o suficiente para ser verdadeiro desde o começo e contar que era um piloto, que estava no Brasil para correr na Fórmula 1. Projetei diversos cenários em que vivíamos felizes como família, mas hoje eu dava muito valor ao que me aconteceu. Valor à mãe que tinha e que *efetivamente* precisava de mim.

Era minha vez de protegê-la.

Carina me encontrou sentado no sofá, um bom tempo depois, ainda na mesma posição em que estava desde que ele fora embora.

— Ei, vamos jantar para comemorar esse pódio?

Olhei para o relógio, vendo que já estava passando do horário do jantar. O problema de estar em outro fuso era esse. A hora passava e eu mal sentia.

— Só se for serviço de quarto — comentei, suspirando e ficando de pé. — Não estou muito no clima de sair para jantar.

Carina se aproximou e segurou meu braço de leve.

— Aconteceu alguma coisa?

Tantas coisas. Eu não sabia nem por onde começar a falar.

— Só estou cansado — falei, optando por não entrar no assunto "Vito Conti". — A corrida foi agitada e preciso descansar para amanhã.

— Eu entendo, senhor "ultrapassei nove carros hoje". Vamos para o hotel então. Luana vai sair, podemos pedir o que comer e eu te faço um cafuné para você dormir.

— Com direito a cafuné? — indaguei, tentando manter o tom leve, pegando minhas coisas para deixar o quarto.

— Estou me sentindo generosa hoje.

Com a mochila nas costas e a chave do carro na mão, segui Carina até o motorhome, onde ambas as nossas equipes confraternizavam. Na verdade, confraternizar era exigir demais de Luana e Gustavo, nossos assistentes. Ele estava usando o computador e ela, o celular, sentados à mesma mesa, sem nem sequer olharem um para o outro. Mas também estava lá Ferreira, o personal trainer que agora dividíamos. Ele bebia seu café como se não houvesse uma preocupação no mundo.

— Podemos ir embora? — indaguei, girando a chave na mão.

Todos pararam para nos olhar.

— Tudo bem se eu for depois? — perguntou Gustavo. — Quero resolver algumas coisas de amanhã. Ainda não terminei.

— Fica com o carro. — Joguei a chave na direção dele. — Eu pego uma carona com Carina.

— Vai precisar de mim? — insistiu, guardando a chave no bolso.

— Não. Vamos pedir serviço de quarto e dormir.

— Juntos? — rebateu Ferreira, um sorriso malicioso no rosto. Por ele, todo mundo se pegava. Todo mundo mesmo.

Quando o conheci, Ferreira era emburrado e não dava muito assunto para ninguém. Mas ele foi se abrindo com o tempo. Continuou emburrado, mas tinha essa veia de achar malícia nas coisas que me parecia mais forte que ele.

— Juntos. Teremos uma noite tórrida de amor e não vamos dormir até o dia amanhecer. O que você acha disso? — brincou Carina.

Com isso, o semblante de riso de Ferreira morreu e sua versão emburrada voltou. A possibilidade de nós não dormirmos o suficiente antes de uma corrida deixava o homem de cabelo em pé.

— Parou. Acabou a graça. Vamos embora.

Rindo, seguimos juntos para o estacionamento.

Aceitando o banco de carona, já que o carro não era meu, tive que me esforçar para me manter presente no que estava acontecendo ali. Meu cérebro insistia em vagar para a discussão que tinha tido com Vito Conti, querendo refazer situações, falar coisas diferentes. Não que estivesse arrependido de ter sido direto em querer que ele fosse embora. A verdade era que eu não deveria nem ter dado espaço para ele chegar até mim, para dizer coisas.

Eu não sabia por qual motivo ele havia decidido que queria um teste de DNA. Que bem eu faria em sua vida se fosse confirmado como seu filho? Mas era desnecessário. Anos atrás, quando estávamos com dificuldades financeiras e minha mãe tinha que se desdobrar, eu até poderia ter aceitado um pai que pagasse sua parte na minha carreira e educação. De um jeito ou de outro, ele nos devia anos e anos de pensão, mas o custo de sua presença em nossas vidas parecia grande demais. Eu não estava disposto a pagar.

— Pole position, hein? Como você se sente sabendo que vai largar na frente amanhã? — perguntou Carina, seu cafuné quase me fazendo dormir.

Tínhamos jantado e nos jogado em sua cama para ver um filme. Respeitando seu espaço, me coloquei em um lado e deixei o outro para ela. Mas Carina era carinhosa e tinha me prometido um cafuné, então logo se aproximou e me puxou pelos ombros para deitar em sua barriga.

E sim, o adolescente em mim dava as caras vez ou outra, assim como estava fazendo naquele momento. Gostava de Carina desde a primeira vez que tinha colocado meus olhos nela e tinha todo interesse de beijar sua boca mais uma vez — ok, não só a boca.

Só que ela era minha melhor amiga e eu tinha conhecimento de suas vontades. Não namorar outros pilotos era algo que ela levava muito a sério. Eu já tinha visto ela dar fora em outros caras nos anos em que estivemos na mesma categoria. Só esse ano, ela tinha dito não para dois outros pilotos.

Mas eu tinha autocontrole e o exerceria ao máximo. Teria de me contentar com o carinho e o afeto de amigo.

— Ca, ninguém vai me passar amanhã. Você não faz ideia do tanto que estou pronto para essa vitória.

— É só o segundo fim de semana da temporada, homem. Vai com calma.

— Eu não quero ter calma. — Suspirei, procurando a mão livre dela e entrelaçando com a minha. — Eu quero vencer, marcar o meu nome nessa categoria e dar orgulho para o Brasil. Não estou aqui para passear, para dar o meu melhor. Eu vim para ser campeão.

Ela sorriu, passando a unha pelo meu couro cabeludo e deixando a mão escorregar até a nuca.

Puta que pariu, por que o toque dessa mulher tinha que ser tão bom?

— E nós vamos fazer isso. Você é claramente mais experiente do que eu, mas nós vamos colocar o nome do Brasil no topo da tabela. Mostrar que somos a dupla mais experiente do grid e vencer o campeonato de pilotos e equipes. Vou fazer o que for preciso para te ajudar a ganhar o máximo de corridas possíveis.

Eu me sentei na cama, deixando o filme de vez e focando minha atenção nela.

— Não quero que você se dedique a mim desse jeito, Carina. Quero que tente vencer por você.

— E eu vou vencer por mim. — Esticou a mão para a minha de novo. — Mas somos uma equipe, quero que essa equipe vença. Vou lutar para chegar nos lugares mais altos possíveis e dar o meu máximo para te ajudar a chegar lá também.

— Você é preciosa demais para este mundo. — Puxei-a para os meus braços, beijando sua testa. — Vamos ser campeões juntos, minha princesa.

Com as mãos envoltas em meu pescoço, ela deixou a testa apoiada na minha. Sua boca estava perigosamente perto da minha, nossas respirações se misturando.

Perigo. Perigo. Perigo.

Carina acariciou meu pescoço, sua unha mais uma vez me arranhando, dessa vez descendo pela minha nuca. Prendi a respiração, querendo jogar tudo pelo ar, mas sabendo que não era o que ela queria. E eu respeitava demais aquela mulher, a relação que tínhamos, para ser impulsivo outra vez e contrariar sua vontade.

— Douglas... — Meu nome deixou seus lábios em um tom de gemido. E me deixou completamente abalado.

Eu tinha que sair dali.

Reunindo cada miligrama de força que eu tinha, recuei o corpo. Tirei as mãos de cima dela e deixei seus braços caírem.

— Está tarde — consegui dizer, saindo da cama. — Melhor eu ir para o meu quarto e dormir, antes que Ferreira me mate por não ter dormido horas suficientes.

Não dei tempo para que ela reagisse. Calcei meu tênis, peguei minhas coisas e comecei a ir em direção à porta.

— DG — ela chamou, quando eu já estava com a mão na maçaneta. Virei-me para encará-la. — A gente está bem?

Suspirei, querendo que aquele momento tivesse mudado as coisas, mas sabendo que não alteraria nada. Ainda seríamos Douglas e Carina, pilotos e melhores amigos.

— Sempre estaremos bem — garanti, dessa vez indo embora.

O plano, depois do fim de semana no Japão, era voar para o Brasil e passar alguns dias na fábrica até a próxima corrida na Alemanha, no comecinho de abril. Porém, com o aparecimento de Vito Conti e a doença da minha mãe, achei que era uma boa ideia fazer uma parada em Portugal para vê-la. Ela agora morava em uma confortável casa de cinco quartos. Quando comprei, várias vezes tive que ouvir que era desnecessário, que era grande demais. Porém, tanto eu quanto Gustavo tínhamos um quarto para nós, então ficavam apenas dois extras. E a verdade era que eu tinha comprado aquela casa com o bônus do vice-campeonato da Indy, interessado no jardim dos fundos. Era grande, espaçoso o suficiente para reunirmos a família que tínhamos construído com os amigos que havíamos feito pelo caminho, e muito florido. Minha mãe tinha se apaixonado por jardinagem e cuidava do espaço, dizia que era sua terapia. E eu gostava de simplesmente me sentar lá e ficar, sentindo o cheiro das flores, vendo o tempo passar, deixando a calmaria me invadir.

Quando cheguei em casa, já era noite. Não muito tarde, apenas o suficiente para eu querer abraçar minha mãe, tomar uma taça de vinho e dormir.

— DG — Gustavo chamou, me dando uma cotovelada de leve. Ergui o rosto do celular e olhei para onde ele apontava. — Conhece? — Apontou para o carro estacionado na porta de casa.

— Não faço ideia de quem seja.

O motorista parou e logo desci, deixando Gustavo pagar. O homem destravou o porta-malas e já fui tirando tanto a minha bagagem quanto a do meu amigo. Com as duas na calçada, ele saiu de dentro do veículo e caminhamos juntos até a porta da frente. A janela da cozinha estava fechada e a cortina da sala, que tinha parede de vidro, também. Assim que destravamos a porta, pude ouvir as vozes do corredor. Era fácil de entender tanto o que diziam quanto quem eram, então ergui a mão para Gus, pedindo que fizesse silêncio.

— Não era para ter sido assim, Rê. Nunca vou me perdoar por todos esse anos e... — Vito Conti disse, seu tom soando sério e preocupado.

Pena que eram uma seriedade e uma preocupação desnecessárias para nós. Não precisávamos dele.

— Vito, você não sabia — interrompeu minha mãe. — Não tinha como saber. E eu tenho certeza de que teria agido diferente se soubesse. Teria sido o pai que Douglas tanto precisou. Não culpo você por nada disso.

— E agora ele simplesmente não aceita uma conversa comigo. Não deveria ter sugerido o teste de DNA, tinha que ter acreditado em você desde o início. Deveria ter ido falar com você naquele mesmo minuto em que te vi depois de tantos, tantos anos. Mas eu congelei e…

— Dê tempo a ele, Vito. Douglas quis te conhecer por muitos anos, aprontou as coisas mais cabeludas para encontrar o pai. Mas a vida não foi fácil para ele. Vou conversar com Douglas para tentar acalmá-lo. E fazer esse teste de DNA para que ninguém possa duvidar.

— Não precisa conversar comigo para me acalmar, porque eu estou calmo, mãe — garanti, entrando na sala e assustando os dois.

Eles estavam sentados lado a lado no sofá, um copo vazio entre as mãos de Vito. Ele estava com os cotovelos apoiados no joelho e minha mãe segurava em seu braço. Estavam próximos, como dois velhos amigos. E eu não queria ficar para presenciar aquilo.

— Filho — minha mãe chamou, ficando de pé.

— Sua bênção, mãe — pedi, aproximando-me dela e beijando seu rosto.

— Deus te abençoe. — Tocou minha bochecha, como sempre fazia.

— Eu não vou fazer teste de DNA porque não me importo se este homem é meu pai ou não. Eu não tenho pai. Nunca tive. Não quero ter. Estou bem do jeito que estou. Nós dois estamos, mãe. — Dei um passo atrás.

— Douglas, d-deixa e-eu fa… — Vito começou, gaguejando, e ficou de pé.

— Vou subir para o meu quarto, mãe. Estou cansado. Amanhã falo com a senhora — avisei, ignorando qualquer tentativa dele.

Passei por Gustavo no corredor e não falei nada, apenas peguei minha mala e lhe dei um olhar de "não pressione, não quero falar sobre". Porque eu não queria mesmo. Não queria pensar no fato de aquele homem estar na sala da minha casa, meu lugar de paz, conversando com a minha mãe. Pelo menos, eu poderia contar com meu melhor amigo para me deixar em paz por um tempo e colocar Vito Conti para fora da minha casa quando fosse necessário.

94   CAROL DIAS

PARTE TRÊS

"Tripping, falling, with no safety net."
"Tropeçando e caindo, sem rede de segurança."
Safety Net, Ariana Grande

DÉCIMO SEGUNDO

Douglas

29 de julho de 2023, Espanha.

Girei. Umas cinco ou seis vezes. Como um novato inexperiente, perdi a traseira do carro e comecei a girar e girar e girar, até que bati na barreira de pneus.

E era isso. Fim de classificação para mim.

Que babaca eu era. Era por isso que não dava para dirigir a mais de duzentos quilômetros por hora sem estar cem por cento focado.

Eu queria. Queria muito poder pensar apenas em números, gráficos, ponto de frenagem, apex, essas coisas. Só que minha cabeça estava focada em um hospital lá em Portugal, onde minha mãe estava sentada, fraca, sofrendo. Hoje pela manhã ela teria que fazer quimioterapia. E cada sessão de quimioterapia vinha sendo pior, fazendo mais mal a ela. Eu sabia que era para o seu bem, que a ajudaria a se recuperar do que estava passando. Mas o processo era cruel, doloroso. Árduo.

E eu não conseguia pensar em qualquer outra coisa que não fosse nela fazendo o tratamento.

A posição que eu largaria? Não importava.

Quantos pontos marcaria naquele fim de semana? Quem ligava?

Eu corria porque amava o esporte, mas também pela minha mãe, pelo sonho que havíamos construído juntos. Ela tinha estado ao meu lado por anos e anos da minha vida, indo a todas as minhas competições. Vivendo com o mínimo de grana para economizar o máximo possível e investir na minha carreira. E agora que eu estava desfrutando de todo o esforço que ela havia feito, não poderia tê-la comigo. Isso estava errado. Muito errado.

Eu queria minha mãe saudável. Queria que ela estivesse aqui comigo vivendo esse momento.

E queria que Vito Conti se fodesse.

Babaca do caralho.

Os marshalls chegaram. Marshalls eram voluntários que ficavam em vários pontos da pista preparados para agir em diversas situações: limpar a pista, tirar algum carro que havia quebrado... Um trabalho foda que não dava um centavo. Quando viram que eu estava bem, apenas com o ego ferido, indicaram o caminho para eu voltar aos boxes. Tinha batido no terceiro setor da pista, já no final da volta, então não estava tão longe.

Ainda de capacete, usei aqueles momentos para me acalmar. Bater na classificação significava que meus mecânicos teriam que trabalhar duro para consertar meu carro para a corrida curta de hoje ainda. Se eles não conseguissem, eu perderia a possibilidade de conseguir pontos, o que atrapalhava tanto o meu campeonato quanto o do Time Brasil.

Assim que cheguei aos boxes de novo, fui me desculpando com cada um até chegar a Lipe, meu engenheiro, que estava com o chefe da equipe. Nenhum dos dois me passou sermão, sabendo que batidas aconteciam e que precisávamos ser práticos e montar uma estratégia caso eu conseguisse correr hoje. Fiquei vendo o final da classificação, onde Carina marcou a pole position. Tínhamos um carro bom o suficiente para vencer nesse fim de semana e ela era a prova viva disso.

Depois de entrevistas e reuniões, fui liberado para descansar. E, de fato, fui direto para o meu quartinho. Queria dormir, mas antes precisava saber da minha mãe. Liguei para a enfermeira dela, que me garantiu que a sessão não tinha sido tão ruim e passou o telefone para ela.

— Filho, você está bem? Vi aqui na televisão que você bateu, meu amor — questionou assim que surgiu na linha.

— Mãe, eu estou bem. Quero saber de você. Como foi a quimio hoje?

— Hoje foi tudo bem, filho. Não enjoei, o que é uma vitória. O que te fez bater, Douglas? Você não é de bater. Sempre tão preocupado e atento.

— Foi desatenção, mãe. Perdi a mão do carro. Mas vai dar tudo certo, não foi tão ruim. Estão achando que vou conseguir correr hoje sem problemas. O médico falou alguma coisa?

Sem novidades, foi o que ela me falou. A quimioterapia estava caminhando conforme esperado e não havia nada de novo. Mas minha mãe não quis falar muito. Seu objetivo mesmo era saber de mim, perguntar sobre a

NA SUA DIREÇÃO 97

corrida. E eu a deixei livre da inquisição, porque sabia o quanto falar sobre assuntos que não fossem a doença fazia bem para ela. Desligamos, e eu levei as mãos à cabeça, milhares de pensamentos girando dentro de mim.

Eu precisava de foco.

Despertando minha atenção, Carina bateu à porta. E eu sabia que era ela por conta do toque especial. Três toques rápidos. Pausa. Três toques lentos. E recomeçava, cada vez mais forte. Levantei e destranquei a porta, deixando-a aberta e voltando ao sofá.

Carina entrou, o cabelo solto e o macacão aberto até a cintura. Era um visual que eu amava nela, a deixava deslumbrante. Era comum que Carina deixasse o cabelo preso em tranças durante a temporada, porque era mais fácil de prender e manter arrumado, segundo ela. Mas seus cachos estavam livres, emoldurando o rosto mais lindo que eu já tinha visto na vida.

A minha vontade era de passar o braço por sua cintura estreita e colar seu corpo no meu, mas não deveria ter esse tipo de pensamento em relação à minha melhor amiga. Nem o desejo de sentar no sofá com ela montada no meu colo, usando o tempo livre que tínhamos até a próxima corrida para desviar meus pensamentos de todas as coisas terríveis em que eu estava pensando naquele dia. Parar de pensar na doença da minha mãe. No resultado do exame de DNA que havia feito. No fato de que eu tinha fodido minha classificação para a corrida.

Eu só queria me perder em Carina e esquecer de tudo.

Mas não podia.

— Vai me contar o que está tirando toda a sua atenção? — indagou, sentando no meu sofá e cruzando as pernas sobre ele.

— Não foi nada demais — respondi, largando-me ao seu lado. — Só uma batida normal.

— Não estou falando disso, DG. Você sabe bem. Nós nos conhecemos desde a adolescência, praticamente moramos juntos naquele ano em Paris. Alguma coisa está acontecendo com você e eu quero saber o que é, porque isso está te atrapalhando na corrida e te deixando triste. E eu não gosto de te ver triste, amigo.

— Minha mãe tinha uma sessão de quimio hoje de manhã. Foi isso.

Ela me olhou, suspeita em seus olhos. Carina parecia longe de acreditar no que eu estava dizendo.

— Douglas, eu sei que você está preocupado com a sua mãe. De verdade. Mas você correu com sua mãe doente muitas vezes. Não é isso. Tem alguma outra coisa.

Como ela podia estar me lendo dessa forma? Como aqueles olhos doces e inofensivos podiam saber tanto sobre mim?

— É uma longa história.

Ela deu de ombros.

— Não tenho nada para fazer até a hora da nossa corrida.

— Você já ouviu alguma história sobre quem é meu pai?

Carina negou com a cabeça e eu comecei a contar tudo para ela.

Eu nunca tinha falado sobre ele com ela, porque aquele não era dos meus assuntos favoritos. Quando criança, eu falava para todo mundo sobre meu pai ser um piloto de Fórmula 1, mas eu tinha crescido e entendido que Vito Conti nunca assumiria a paternidade. Primeiro, porque não me imaginava conhecendo-o e contando que era seu filho. Ele nunca acreditaria. E, no fundo, eu tinha dúvidas do fato de minha mãe, uma pessoa humilde, ter engravidado de um piloto famoso. Mas ela estava certa e eu também: sim, ela tinha ficado grávida de um piloto de Fórmula 1, e sim, ele nunca assumiria a paternidade. Porque Vito Conti havia conseguido o que queria e tinha desaparecido. De novo.

— Ele nos viu na primeira corrida do ano e a reconheceu — contei, após o resumo inicial. — Depois ficou exigindo que fizéssemos teste de DNA. Eu não queria fazer, porque foda-se ele, não preciso do cara. Precisei de um pai lá atrás, mas agora tenho uma família grande, uma família que escolhi. Mas fui convencido a fazer o teste e, depois que resolvemos o resultado, ele não deu as caras.

— O que te fez mudar de ideia sobre fazer o teste? — questionou, girando no sofá para apoiar as costas no braço e ficar de frente para mim.

Continuei sentado como estava, mas me mantive a encarando de lado.

— Minha mãe — falei. — Ela me pedia todo dia. E fez chantagem emocional, dizendo que, se ela morresse, não morreria em paz sabendo que eu estava sozinho no mundo.

— Mas você não está sozinho no mundo — Carina garantiu, impulsionando-se para a frente e envolvendo meu antebraço.

— Tentei explicar isso a ela, mas dona Regina não quis me ouvir. E eu cansei de ser chantageado. Resolvi fazer o teste apenas para ela ficar mais tranquila, sabendo que poderia simplesmente ignorar Vito se quisesse. Só que nem precisei disso, porque ele mesmo está nos ignorando.

— Como você imaginou que ele faria.

Apenas assenti, porque a verdade era que ele estava agindo exatamente como eu havia pensado que agiria se *eu* tivesse exigido um teste de DNA.

— Minha cabeça está fodida, Carina. Fico pensando na minha mãe, em tudo que está acontecendo. E fico com a porra do Vito Conti na cabeça, porque ele deu esperanças pra minha mãe de que as coisas seriam diferentes, de que estaria presente. Ele a fez acreditar que queria ser meu pai. — Aquilo me fez rir de leve, mesmo sem ter graça nenhuma. — A esperança é uma pica mole. Só traz decepção.

— Ah, amigo. — Parecendo saber o quanto eu precisava de contato humano, ela se arrastou para mais perto de mim no sofá, jogou um braço sobre meu ombro e apoiou o queixo em mim. — Certos pais só servem para foder nossa cabeça mesmo. Mas eles são seres humanos como nós, às vezes nos colocam no mundo e não nos merecem.

Suspirei. Claro que Carina teria uma experiência pior que a minha com pais.

— Eu aqui falando de problemas paternos com você, que teve uma experiência pior que a minha. Desculpa.

— DG, não é assim que funciona. Não é porque eu tive pais de merda que os seus não podem ser ruins também e te fazerem sofrer. Quero dizer, sua mãe é uma santa, não merecia passar por nada disso mesmo, mas seu pai ser um babaca é uma merda e está tudo bem você ficar triste com isso. Até porque você nunca teve pai e agora, quando enfim o encontrou, foi abandonado por ele de novo. Desde que fui adotada, não sinto nenhuma falta dos meus pais biológicos. Meus pais de agora me dão tudo que eu preciso, principalmente na questão do afeto. Afeto demais às vezes.

Ri fraquinho, sabendo que era a verdade.

— Tia Adélia é mesmo uma mãezona.

— E meu pai é meu herói.

— Sim. — Busquei sua mão livre, entrelaçando nossos dedos e colocando sobre o meu joelho. — Quero ser um pai igual a ele algum dia.

— Seus filhos vão ter muita sorte de te ter como pai. Nós dois temos os modelos perfeitos do que não fazer.

Olhei para Carina, vendo nossos rostos próximos demais. Beijá-la exigiria pouquíssimo esforço, alguns centímetros para a frente e nossos lábios se tocariam. Como seria dessa vez? Eu sentiria as mesmas coisas que havia sentido quando adolescente? O que teria mudado? Seu sabor ainda seria o mesmo?

Para minha surpresa, eu podia ver um sentimento muito parecido refletido nos olhos dela. Um desejo de que não houvesse mais espaço entre nós. Uma vontade de quebrar as próprias regras.

Porque eu também tinha regras quanto a isso. Da última vez que beijei

Carina, ela quis me matar. Não éramos amigos ainda, mas ela passou a me detestar. E, agora que éramos amigos, eu não estava disposto a perdê-la. Não queria que Carina sumisse de vez da minha vida. Se eu só teria sua amizade, me contentaria com isso. A minha regra era clara: se fosse acontecer algo além de amizade com ela, seria por iniciativa dela.

O barulho de uma chave na porta nos tirou do transe. Ela se sentou para trás, encostada no sofá, mas me recusei a soltar sua mão. Era Gustavo, eu sabia disso. Meu amigo era o único que tinha a chave do meu quarto, porque ele entrava para me acordar se eu estivesse dormindo. E porque era ele quem tinha acesso a esse cômodo caso precisássemos de algo na pista.

Seu rosto apareceu na porta, confirmando as expectativas. Mas Luana estava logo atrás.

— Hora de se preparar para a corrida — avisou ele.

Carina apertou minha mão antes de soltar e se levantar do sofá.

— Vejo você na pista — falou baixinho, parando na minha frente e erguendo uma das mãos para cobrir minha bochecha. — Vai dar orgulho para a sua mãe. Ela vai ficar bem. E foda-se o babaca. — Ela beijou minha testa e se afastou.

Eu assisti à sua partida, desejando que as coisas fossem diferentes. Desejando que um dia eu pudesse chamar aquela mulher de minha.

DÉCIMO TERCEIRO

Douglas

Na manhã de domingo, eu acordei sem pressa, decidido a ter um dia melhor. Tinha me classificado mal no dia anterior, largando em vigésimo, e só havia conseguido marcar dois pontos na corrida. Porém, olhando pelo lado positivo, tinha ganhado cinco posições em uma corrida curta. Lipe e o resto da equipe acreditavam que eu conseguiria avançar ainda mais hoje. E nós tínhamos uma estratégia muito boa em curso. Só precisaria acelerar bem e torcer para que todo o planejamento funcionasse.

Tomei o café da manhã com tranquilidade e fui malhar. Ferreira passava um treino matinal para nós dois em todos os domingos de corrida. Por sermos amigos, Carina e eu fazíamos juntos sempre que possível. Pelo menos era um sofrimento compartilhado.

Logo que cheguei, não havia sinal de Carina, mas Ferreira estava lá. Ela chegou assim que subi na bicicleta para começar o cardio.

O cardio foi só o começo da tortura, porque Ferreira arrancou o nosso couro.

— E a gente ainda tem que participar de uma corrida depois de tudo isso? — indagou Carina, jogada no chão ao meu lado, ofegante após uma sequência abissal de abdominais.

Rindo, criei coragem e levantei, esticando a mão para ela.

— Vamos embora logo antes que ele mude de ideia e nos faça voltar para "mais um exerciciozinho de pescoço".

— Você tem razão. — Ela se deixou ser puxada na mesma hora e pegamos nossas coisas para sair. — Está indo para o autódromo agora? — perguntou, assim que paramos em frente ao elevador, que estava parado no andar.

— Sim, vou tomar um banho e vou. — Entramos e apertei o botão para o nosso andar. — Quer ir comigo?

— Queria que você levasse a Luana, porque eu preciso passar em um shopping para comprar algumas coisas.

— Claro. Avisa a ela que eu saio em meia hora, mas que Gustavo vai junto. Se ela quiser, é só me esperar na recepção.

O elevador soou junto com o toque do meu celular. Saímos para o corredor e tirei o telefone do bolso para ver quem era.

O visor mostrava o nome da mãe de Carina.

Franzindo o cenho, virei a tela para ela e atendi.

— Oi, tia. Está tudo bem?

— Oi, meu filho. Desculpa te incomodar tão cedo, mas é a sua mãe.

Palavras que arrepiaram todos os pelos do meu corpo. Que me deixaram apavorado.

— O que houve com ela?

— Fui na sua casa para passarmos o dia juntas e ver a corrida de vocês, mas ela está com uma febre muito alta. Como é um dos sintomas em que os médicos pediram para ficar de olho, decidi trazê-la para o hospital.

— E o que houve, tia? O que o médico falou?

— O médico pediu para ela ir fazer alguns exames, está com ela agora. É que eu sei que seu dia é muito corrido, então quis tentar te avisar logo. Vou te mantendo atualizado sobre o que vão dizer.

— Tia, o telefone vai ficar com o Gustavo. Se *qualquer* coisa acontecer, pode ligar que ele me passa a notícia assim que possível. Por favor, vai me avisando mesmo.

— Não se preocupe, ok? Ela vai ficar bem, a febre não vai ser nada. Só quis te deixar ciente.

— Sim, vai ficar tudo bem. Obrigado, tia Adélia.

— Tchau, meu filho.

— E aí? O que foi? — questionou Carina, segurando meu braço, assim que desliguei o telefone e coloquei no bolso.

— Minha mãe. Tia Adélia disse que foi lá em casa e ela estava com uma febre muito alta.

— O que significa a febre?

— Não sei — admiti, andando para o meu quarto. — O médico nos deu uma lista de sintomas que, se ela tivesse depois da quimio, era para irmos ao hospital. Febre acima de 38 graus. Sua mãe disse que ela está fazendo exames e vai me avisar quando tiver notícias.

Com o rosto preocupado, Carina se aproximou de mim, passando os braços pela minha cintura e me dando um abraço que eu não sabia que precisava. Devolvi o abraço, escondendo o rosto na curva do seu pescoço e inalando seu cheiro.

Paz.

Conforto.

Segurança.

Era assim que eu me sentia quando tinha Carina nos braços. E era exatamente o que eu precisava sentir agora.

— Vamos. Vai ficar tudo bem — prometeu em um sussurro.

E eu acreditei na promessa.

Entrei no carro, acomodando-me. Assim que puxei o volante para encaixar no lugar, Gustavo se aproximou para falar comigo.

— Era a tia Adélia. Sua mãe está com uma virose, só isso. Mas é uma virose forte, então os médicos querem que ela fique vinte e quatro horas no hospital para ser monitorada.

Uma onda de alívio me tomou. Sim, ela estava internada, estava no hospital, mas não era nada grave, como esperávamos. E essa notícia chegou em boa hora.

— Valeu, amigo. Avisa pra Carina? — pedi, sabendo que ela também tinha ficado preocupada com a minha mãe.

Ele assentiu e se afastou para falar com ela. E eu me foquei naquilo que estava à minha frente. Eu tinha toda a intenção de pisar fundo nessa corrida e terminar logo com isso para voltar para Portugal e ver minha mãe. Mas também queria chegar o mais na frente possível para dar orgulho a ela.

As luzes se apagaram e eu consegui largar bem. Houve uma confusão na minha frente, carros batendo e tudo mais, o que me fez saltar da vigésima para a décima sexta posição na primeira volta. Esse era exatamente o meu objetivo. Que os outros brigassem e eu conseguisse escapar e subir. Mas a sorte estava ao meu lado naquele dia, porque, quando a maioria dos pilotos já tinha parado para trocar pneus, o que me deixou em terceiro lugar, James Theodore, piloto da Austrália, bateu no muro. Uma batida feia, que espalhou pedaços de carro por toda a pista. E ainda tinha o fato de ser em um lugar onde era muito difícil limpar e remover o veículo.

— Ele está bem? — perguntei pelo rádio para Lipe. Em batidas como essa, a segurança dos pilotos sempre era uma preocupação.

— Falou com a equipe pelo rádio, mas precisou de ajuda para sair do carro. Está com a equipe médica agora. Dou notícias quando tiver.

Para minha alegria, decidiram dar bandeira vermelha na corrida. Na bandeira vermelha, todos os carros voltam para os boxes e a corrida é reiniciada depois de algum tempo. Esse tipo de situação só acontece em batidas realmente fortes e difíceis de serem resolvidas.

E era permitido fazer troca de pneus em meio à bandeira vermelha.

Era obrigatório que todos os pilotos fizessem ao menos uma parada para trocar pneus durante as voltas da corrida e, mesmo se eu trocasse de pneus naquele momento, teria que parar em algum lugar. Mas aquele pit stop de graça seria uma vantagem, sem dúvida. Ainda mais porque 90% do grid estava de pneus novos também. Aquilo só tinha sido ruim para Carina, que havia caído para a quinta posição. Logo que voltamos a correr, consegui ultrapassar os outros dois pilotos que estavam à minha frente e liderei a corrida.

Para selar o meu destino, mais um carro deu problema, com o motor dando pane. E um carro de segurança entrou na pista. Com isso, todos os carros precisavam diminuir a velocidade. Eu consegui fazer minha parada e perder apenas uma posição. Só que, de pneus novos, foi moleza ultrapassar de novo. Ainda mais porque eu estava pilotando como se estivesse possuído pelo espírito do Ayrton Senna. Venci a corrida e fiz a volta mais rápida. Para a alegria do Time Brasil, Carina também se recuperou e ficou em segundo. Simplesmente, a primeira vitória do nosso país na categoria foi com uma dobradinha.

Parei o carro, subi em cima dele e comemorei, dando um soco no ar tal qual o Rei Pelé. Assim que desci, Carina estava estacionando o dela. Fui até o seu lado, esperando apenas que ela ficasse de pé para abraçá-la e puxá-la eu mesmo para fora.

— Vitóriaaa! — gritei, arrancando uma risada dela.
— Parabéns, DG! Foi muito merecido.
— Parabéns para nós!

Coloquei-a no chão e fui atrás do meu time para comemorar com eles.
Que seja a primeira de muitas.

— Toma uma por mim, Gus! — falei para meu amigo, saindo do quarto.

— Dá notícias.

Eu estava voltando para Portugal e ele tinha se oferecido para ir comigo. Só que haveria uma festa para comemorar o ótimo resultado do Brasil naquele fim de semana e meu amigo merecia participar, pelo tanto que se dedicava. Então o obriguei a ficar.

Não havia voo direto de Jerez para Lisboa. Tanto na ida quanto na volta, tínhamos decidido dirigir as cinco horas de carro. Carina prometeu que o levaria de volta para casa no dia seguinte. E eu escolhi ir no mesmo dia porque queria visitar minha mãe no hospital.

Assim que saí do elevador no saguão do hotel, dei de cara com a última pessoa que eu queria encontrar naquele momento. Vito Conti.

Suspirei, virando-me em direção ao balcão da recepção e o ignorando solenemente. Mas não tive sorte, porque, enquanto esperava as duas pessoas à minha frente serem atendidas, ele se aproximou.

— Podemos conversar um minuto?

Olhei para ele por um segundo, tentando entender o que se passava na sua cabeça. Conversar? Por quê? Que interesse ele tinha em conversar comigo depois de *tanto tempo*?

— Não estou com muito tempo. Preciso pegar a estrada.

— É, fiquei sabendo que você não vai comemorar a vitória com a sua equipe. Acho que você deveria ficar. As equipes precisam viver esses momentos de celebração. O piloto estar presente ajuda no mo...

— Não consigo acreditar que você apareceu aqui para me dar sermão de como devo lidar com a minha equipe. Juro. Você não me conhece, Vito Conti, não sabe nada da minha vida. Não venha me julgar e decidir por mim o que fazer. Como eu te disse, não estou com muito tempo. Dê seus conselhos para alguém que se importa.

Ele permaneceu parado ao meu lado por tempo demais. Refletindo. Pensando.

— Peço desculpas. Não era esse o meu objetivo. Eu vim em paz, Douglas. Quero apenas conversar.

Finalmente a fila andou, mas ainda havia um cara na minha frente para ser atendido. Maldita demora.

— Vai ter que ficar para outro momento. Realmente preciso pegar a estrada.
— Posso perguntar por que tanta pressa?
— Não é da sua conta.
— Tudo bem. Só quero saber se posso ajudar. Estou com meu jatinho, posso te dar uma carona se for urgente.

Aquilo me fez hesitar por um momento. Seria ótimo voar até Lisboa. Apenas uma hora de voo e eu estaria no hospital muito mais cedo.

Mas não. Eu não precisava de favores daquele cara.
— Não quero sua ajuda. Não preciso da sua ajuda.
— Filho, por fa...
— Filho? — cortei-o, virando-me para encará-lo. — Filho? — repeti, irritado. — Quem te deu o direito de me chamar de filho? Depois de tanto tempo que o resultado saiu e você não falou *nada*, quem te deu esse direito? E não estou nem citando o fato de que passei vinte e quatro anos sem um pai. Não preciso de um pai. Não preciso de você. Se puder me dar licença, eu agradeço. Tenho que ir ver quem *realmente* fez o papel de pai e mãe na minha vida.
— Está tudo bem com a sua mãe?

Droga. Deixei ele perceber.
— Isso não é da sua conta.
— Eu me importo com a sua mãe.
— E tem um jeito de merda de demonstrar.
— Eu sei disso, mas, se você puder me escutar por um minuto, vai entender que eu quero mudar isso. Quero melhorar minha relação com você e com sua mãe.
— Eu já te escutei por vários minutos contra minha vontade. Não pretendo continuar te escutando. Nem eu nem minha mãe precisamos de você.
— Então aconteceu alguma coisa com a sua mãe. O que foi? Ela está precisando de alguma coisa? Ela está bem? Vou ligar para el...
— Não vai, não. Você vai esquecer que ela existe. Vai esquecer que nós dois existimos. Vai nos deixar em paz. Este não é o momento de você, com todo seu egoísmo, tentar dar uma de preocupado. Deixe-nos em paz. Deixe minha mãe ter paz para se recuperar.
— Ela está doente? Se recuperar de quê? — indagou, ao mesmo tempo que a recepcionista me chamou.

Para encerrar o assunto, completei:
— De câncer.

Talvez assim ele recuaria.

DÉCIMO QUARTO

Douglas

Enquanto eu falava com a recepcionista, percebi Vito se afastar. O que era esperado. Aquele homem tinha o histórico de correr quando algo ficava difícil. Agradeci à mulher em espanhol, indo para a frente do hotel, onde teria que pedir ao manobrista para trazer meu carro. Infelizmente, minha alegria durou pouco, porque Vito estava parado perto da porta, ao telefone. Tentei passar ignorando-o, mas ele desligou a chamada e veio até mim. Parou na minha frente, impedindo-me de passar.

— Já estão preparando meu jato para decolar. E meu motorista vai encostar aqui na porta em segundos. Se você quiser, está convidado a ir comigo. Se não quiser, tudo bem. Daqui a cinco horas, quando você chegar em Lisboa, eu já estarei no hospital com ela há bastante tempo.

E me deu as costas, saindo do hotel.

Que babaca do caralho.

Peguei o telefone do bolso e comecei a discar para Gustavo. Eu aguentaria uma hora de voo com esse cara, mas nem a pau o deixaria ver minha mãe sem mim.

— Amigo, preciso que você desça aqui — comecei, assim que ele atendeu. — E que leve meu carro embora. Vou pegar uma carona de avião. Estou na porta do hotel te esperando.

— Estou descendo — prometeu. — Mas quem vai te dar carona de avião? — indagou, seu tom confuso.

— Vito Conti — resmunguei. — Estou te esperando. — Desliguei a chamada e fui atrás de Vito. Ele me olhou, a porta do seu carro aberta. — Meu amigo está descendo para pegar a chave do carro. Pode aguardar um minuto?

— Claro. Quando estiver pronto, é só entrar.

Ele entrou no carro e bateu a porta. Fiquei esperando Gustavo, que logo apareceu, os olhos arregalados.

— Está tudo bem?

— Está. Depois eu explico. Preciso que você leve o carro para casa. — Entreguei a chave. — Se não quiser dirigir, peça ao Ferreira.

— Se Ferreira dirigir, a gente não chega vivo. Deixa comigo. — Pegou as chaves. — E qualquer coisa, me liga.

Assenti, afastando-me e entrando no carro.

O silêncio que imperou nos primeiros minutos foi tão poderoso que daria para ouvir se um alfinete caísse.

— Você vai me contar sobre o câncer da sua mãe? — O tom de Vito era baixo, quase soturno. Porém, com o silêncio no carro, sua voz pareceu preencher o espaço por completo.

Suspirei, com nenhuma vontade de explicar a situação, mas sabendo que não tinha escolha. Se eu não falasse nada, ele chegaria ao hospital e conseguiria lá as informações que precisava. E ele estava me dando carona, então esse era o mínimo que eu devia a ele.

— Ela teve um câncer de ovário em 2016. Fez uma cirurgia e retirou os ovários e o útero. Achamos que estava resolvido, mas agora ela está com outro câncer, esse de mama. E está fazendo quimioterapia para tratar.

— Filho, eu...

— Não me chama de filho — cortei-o, sendo incisivo. — A gente nunca teve nenhum tipo de relação para você me chamar assim.

— Mas é o que você é. Você é meu filho, Douglas.

— Mas não me sinto assim. Eu quis um pai por muitos anos, agora não quero mais.

Ele ficou apenas me encarando por um tempo. Mesmo quando desviei, ainda percebi seu olhar sobre mim. Fiquei parado, olhando para fora, e percebi que já estávamos no aeroporto.

— Do que sua mãe está precisando?

— Não precisamos do seu dinheiro — declarei, cortando o assunto. Eu queria aquela carona *e só*. Se eu pudesse escolher, nunca mais falaria com ele.

— Tudo bem. Você está fazendo uma boa grana com as corridas. Mas ela precisa ver algum médico? Quem cuida dela? Ela está ficando sozinha em Portugal? Você está morando com ela?

NA SUA DIREÇÃO

109

— Ela está se tratando com a mesma equipe que cuidou do primeiro câncer, são os melhores do país no que fazem. Estamos pagando uma enfermeira para cuidar dela quando não estou, mas nossos amigos também ficam de olho nela durante minhas viagens. Então ela não fica muito sozinha.

Ele assentiu e estava prestes a dizer alguma coisa, mas o carro parou. Logo que descemos, bem ao lado do jatinho, a conversa se encerrou. E eu aproveitei aquele momento para escolher uma poltrona afastada e colocar meus fones de ouvido, querendo um mínimo de distância na curta viagem para casa.

Eu e minha sombra seguimos pelo corredor para o quarto da minha mãe em silêncio, assim como tinha sido na viagem de avião e no curto trajeto de carro até aqui. Quando me viu diminuir o ritmo perto da porta, ele me segurou pelo cotovelo de leve.

— Vou dar um momento para vocês, mas tudo bem se eu entrar para vê-la?

Eu já esperava que ele quisesse entrar. E, desde que não tirasse a paz dela, eu não me importava.

Assenti para ele, entrando no quarto. Estavam tia Adélia e mamãe lá dentro.

— Meu filho? — saudou, mas seu tom era de dúvida. — Você não deveria estar na Espanha?

— Vim logo depois da corrida. — Dei um beijo no rosto de tia Adélia antes de parar ao lado da minha mãe, beijar sua testa e segurar sua mão. — Peguei uma carona e consegui chegar aqui rapidinho.

— Carona? Com quem?

Suspirei, sabendo que aquilo seria assunto mais cedo ou mais tarde. Foi cedo.

— Vito Conti. Ele está ali fora. Deu-nos um minuto, mas virá vê-la em breve.

— Ah, meu filho. — Ela segurou minha bochecha. — Ele apareceu? Foi tudo bem?

— Mãe, não quero falar sobre isso. Quero saber da senhora. Me conta. O que o médico falou?

Ela e tia Adélia me atualizaram sobre as notícias do médico, que estava otimista sobre a alta dela amanhã. Após uns dez minutos, ouvimos batidas na porta. Vito colocou a cabeça para dentro, perguntando com os olhos se podia entrar.

Soltei a mão da minha mãe e dei dois passos atrás, permitindo que ele se aproximasse dela. Depois de também questionar como ela se sentia e ouvir as mesmas explicações que eu tinha acabado de escutar, ele pediu para conversar com ela.

Apesar da minha raiva pelo meu pai, aquele momento não era meu. Minha mãe era uma mulher adulta, e se ela queria ouvir o que ele tinha a lhe dizer, esse era seu direito. Meu papel de filho era apenas estar lá para castrá-lo se ele pisasse fora da linha. Fui em busca de seu médico para entender o que deveria ser feito com ela e quando poderíamos ir para casa.

Após reavaliação, decidiram liberá-la antes das 24h. Ela estava bem. Por isso, poucas horas depois, fomos liberados para ir para casa. Vito queria nos levar, mas tia Adélia avisou que tinha ido de carro. Peguei as chaves dela e nos levei para a casa da minha mãe. Infelizmente, o motorista de Vito seguiu nosso carro. Ele queria "garantir que minha mãe chegaria e se instalaria bem em casa".

Haja paciência.

Para minha alegria, assim que parei o carro de tia Adélia na garagem, vi um par de Adidas branco para cima no banco da varanda. Ao abrir a porta, percebi a cabeça de Carina se erguer.

Vê-la era como abrir a porta para o ar-condicionado depois de caminhar no sol de 40 graus do Rio de Janeiro. Dava um alívio. Uma paz. Fazia um sorriso se abrir involuntariamente no rosto.

E abraçá-la foi como andar nas nuvens.

Fechei os olhos e respirei seu cheiro, aproveitando os breves segundos em que eu tinha seu corpo no meu.

Carina segurou meu rosto com ambas as mãos e seus olhos preocupados deram o peso necessário à sua pergunta:

— Você está bem, DG?

E eu sabia que não era apenas de uma forma educada. Ela entendia o que eu estava passando, o quanto a presença do meu pai vinha me incomodando. Ela me conhecia.

Segurei seu queixo e puxei seu rosto para beijar sua testa.

— Melhor agora.

Para o meu desprazer, meu pai parecia um chiclete e não saía da casa nem por um decreto. Ficou fazendo companhia à mãe e tia Adélia, conversando com elas. Quando me cansei de fazer sala, afinal, tinha corrido naquele dia e estava morto, fui para a cozinha lavar a louça e tentar encerrar o dia.

Senti um toque suave no meio das costas e vi Carina ao meu lado. Com um sorriso, ela começou a me ajudar sem nem precisar perguntar o que fazer. Em dado momento, tia Adélia se despediu.

— Você vem, filha? — questionou, parada à porta da cozinha.

— Depois, mãe. Quero falar uma coisa com Douglas ainda.

— Tudo bem. — Deixou um beijo na bochecha dela. — Não volte muito tarde.

Olhei para o relógio, que marcava 23:38. *Já estava tarde.*

— Eu a deixo em casa, tia. E ela pode ficar aqui também, se for o caso.

— Eu fico bem mais tranquila, filho. — E, como uma boa figura maternal, fez eu me abaixar para beijar minha testa. — Obrigada, meu menino de ouro.

Achei que a saída de tia Adélia seria um incentivo para Vito se despedir, mas não. Quando olhei da cozinha, vi que minha mãe sorria de orelha a orelha para ele, como não fazia havia tempos.

Cacete.

Depois do meu milésimo suspiro, Carina pegou no meu braço e me puxou para o jardim dos fundos, sussurrando um simples:

— Deixe os dois só um pouquinho, vai — pediu no caminho.

— Se esse filho da puta estiver tentando seduzir minha mãe...

— Percebeu que você está xingando sua própria avó, uma senhora que nem conhece, a troco de nada?

Suspirei de novo, porque a senhora Conti, que eu de fato não fazia ideia de quem era, não merecia ser xingada de puta.

— Se esse cuzão estiver tentando seduzir minha mãe...

Nós dois nos sentamos lado a lado nas confortáveis cadeiras dos fundos e ela puxou minha mão para o seu colo. Nesses momentos, era muito difícil manter firme a linha que separava nossa amizade do *algo mais* que eu sentia por ela.

— A sua mãe é adulta, Douglas. Ela sabe bem o que está fazendo, pode ter certeza. E se decidir que quer sentar no seu pai até dizer chega, pelo amor de Deus, deixa.

Soltei a mão dela, coçando a cabeça. Não queria pensar neles dois fazendo esse tipo de coisa.

— Ele já usou minha mãe uma vez. E se resolver usar de novo?

— Em outro momento, você faz essa coisa de machão e ameaça acabar com a raça dele caso machuque a sua mãe. Mas ela esteve no hospital o dia inteiro e eles estão conversando sobre coisas boas. Ele está fazendo bem a ela.

— Queria conseguir deixar as coisas acontecerem e não me preocupar tanto. Ultimamente, com a doença dela voltando, parece que eu só faço me preocupar.

— Eu sei. — Foi a vez de Carina suspirar e, em um estalo, levantar da cadeira. — Já sei o que você precisa: beber comigo. Deixaram eu trazer o champanhe do pódio. Está na minha mochila. — Saiu em disparada para dentro da casa. — Vai buscar umas taças pra gente!

Rindo, levantei-me para ir até a cozinha. Só mesmo Carina para guardar o champanhe do pódio, pedir para trazer para casa e estar com ele na mochila para dividir comigo.

Infelizmente, quando passei pelo corredor para a cozinha, as vozes flutuaram da sala com um assunto que eu preferia não ter ouvido.

— Eu era egoísta demais naquela época, *bella*... — disse Vito, seu sotaque pesado. — Só conseguia pensar em correr, em vencer, em ser campeão. Naquele fim de semana, todos os meus pensamentos se voltaram para você. E eu me recusei a acreditar que deveria voltar atrás de você e deixar de lado meu sonho de ser campeão mundial. Quando percebi que tinha tomado a decisão errada de não voltar, já era tarde demais. Você não trabalhava mais no hotel e eu não sabia como te encontrar.

Não sabia o cacete. Não *queria*.

Incapaz de ouvir mais um segundo daquele papinho, fui até a cozinha buscar as taças e passei de novo pelo corredor, pisando duro.

O champanhe seria só o começo. Eu ia ficar *bêbado*.

Virei o gargalo mais uma vez, porém não caiu mais nada. Droga. Acabou o álcool e eu não estava bêbado o suficiente.

— Você não está cansado? Acordamos cedo para a corrida.

Olhei para o meu lado, onde Carina estava deitada. Deixamos o sofá da varanda havia um tempo e deitamos no gramado dos fundos da casa. E só agora tinha me dado conta de que ela deveria estar exausta e eu a estava prendendo.

— Vamos entrar. Estou prendendo você aqui fora com minha dor de cotovelo.

Ela riu de levinho e entrelaçou nossos dedos.

— O babaca do seu pai aparecer aqui do nada e ficar de papinho com a sua mãe não é dor de cotovelo.

Deitei de lado, apoiando o cotovelo na grama e a cabeça na palma da mão. Estudei seu rosto, suas expressões. Era muito difícil entender se o que Carina fazia, o jeito como se relacionava comigo, era por conta da nossa amizade de vários anos ou porque tinha sentimentos por mim. Talvez a minha vontade de que ela sentisse algo parecido com o que eu sentia estivesse confundindo minha cabeça. Talvez eu estivesse vendo coisas que não existiam. Mas eu poderia jurar que seus olhos desviaram para a minha boca. Que seu rosto chegou mais perto. E que nós estávamos falando sobre um assunto que eu odiava, mas nossos corpos estavam falando algo diferente.

— Fico abismado com o tanto que você me entende e sempre diz o que preciso ouvir. — Sem conseguir me conter, empurrei uma mecha do seu cabelo para trás.

— É a nossa conexão, Dê. — Só ela me chamava assim. Uma abreviação da abreviação, já que era por causa do apelido DG. — A minha alma está ligada à sua. Tudo que você sente, eu sinto. — E dito isso, ela apoiou a testa no meu peito.

Mas eu não poderia deixar isso passar batido.

— Tudo? — indaguei, puxando seu queixo para cima e encarando o fundo dos seus olhos.

Não, não estávamos falando de coisas superficiais. E sim, nossos sentimentos estavam *bem claros. Em sintonia,* eu diria.

— Tudo — afirmou, avançando o suficiente para sua boca estar perto demais da minha para não ser de propósito.

Mas eu não a beijaria de novo se houvesse uma mísera possibilidade de ela não querer.

— Carina… — sussurrei seu nome, e meus lábios roçaram os dela. — Já te beijei uma vez quando você não queria. Não vou fazer isso de novo. Se você me quiser, vai ter que dizer com todas as palavras. Porque a gente bebeu, eu estou levemente alcooliza…

— Douglas — chamou, interrompendo meu discurso. Naquele momento, não houve riso na sua expressão. Ela estava muito, muito séria. — Me beija.

E finalmente, *finalmente*, nossas bocas se encostaram de novo, depois de sei lá quantos anos querendo repetir aquele beijo apressado entre dois adolescentes.

Tendo seu consentimento, não me fiz de rogado. Segurei seu rosto entre as mãos, empurrando-a de novo para a grama, e me dediquei ao beijo mais cheio de emoções e sentimentos que já havia dado na vida.

Um momento que eu jamais seria capaz de esquecer.

DÉCIMO QUINTO

Douglas

18 de agosto de 2023, Circuito de Spa-Francorchamps, Bélgica.

Abri nossa conversa pela milionésima vez desde o mês passado. Carina nunca me deu um gelo tão grande desde que nossa amizade começou. Depois do nosso beijo, ficamos vendo as estrelas por um tempo, mas logo decidimos entrar. Deixei-a na porta do quarto de hóspedes com outro beijo doce, que ficou gravado na minha memória. Tínhamos bebido, e eu não queria apressar nossas decisões por conta da bebida. Olhando para trás, eu não deveria tê-la beijado.

Na manhã seguinte, Carina já tinha ido embora quando acordei. Minhas mensagens começaram a ser ignoradas e, quando decidi ir à sua casa, ela não estava.

No país. Carina não estava no país.

E, desde então, não se dignou a falar comigo. Fiquei sabendo por sua mãe que ela estava no Brasil com a equipe. Duas semanas depois, quando fui para o Brasil trabalhar com a equipe, ela já tinha ido embora. Era inacreditável o tanto que ela estava fugindo de mim, e eu não tive muito o que fazer. Mas agora não daria para escapar. Estávamos os dois no circuito. Teríamos que nos ver nos boxes, nas reuniões de equipe.

Ela teria que falar comigo.

Era inaceitável para mim perder sua amizade por um beijo quando estávamos bêbados. Eu queria muito ficar com ela. Queria poder mostrar o que sentia havia anos, tratá-la como ela merecia ser tratada. Mas, se Carina só queria minha amizade, tudo bem. Eu era grandinho. Não seria o primeiro toco que ela me daria, né?

Eu só não suportaria ficar mais tempo longe dela. Da minha melhor amiga. Da mulher da minha vida.

Gustavo veio me chamar para a reunião da equipe e eu guardei o celular no bolso. Era a primeira do fim de semana, para estabelecer o que faríamos de estratégias, como a equipe se comportaria, quem testaria o quê.

— Ela já chegou? — indaguei, porque sabia que Carina teria de vir para a reunião, mas não a vi em lugar nenhum desde que chegamos à Bélgica.

— Chegou. Esbarrei com ela e Luana no corredor.

— E ela está bem?

Gustavo me olhou, pensativo.

— Amigo, ela só me deu um oizinho, depois foi embora com Luana. Você sabe que, quando Luana está junto, eu evito.

Suspirei, coçando a barba. Aquela mulher iria me enlouquecer.

Caminhamos até a sala de reunião da equipe. Já estavam quase todos em seus computadores, com os fones, mas ela ainda não tinha chegado. Após cerca de cinco minutos, Carina entrou. Parei de respirar por alguns segundos, simplesmente observando-a. Suas expressões, o jeito como falou com as outras pessoas, o jeito como seus olhos buscaram os meus, mas rapidamente se afastaram. Precisávamos de um tempo a sós. Precisávamos conversar. Eu precisava de um momento com minha melhor amiga.

— Saulo, pode começar — Adilson pediu, assim que Carina se acomodou, dirigindo-se ao nosso chefe de estratégia.

— Trouxemos uma asa nova para o carro de vocês, como combinado. Temos a peça para os dois carros, mas queremos testar configurações diferentes para vocês dois. É possível? Deem uma olhada no arquivo "teste-config-spa3", por favor.

Abrindo o servidor compartilhado da equipe, encontrei o arquivo. Aquela configuração era exatamente o que Carina gostava de testar, mas optei por não dizer nada.

— Se Douglas não se importar, eu gostaria de ficar com essa — falou em um tom suave e claramente inseguro.

Carina não era assim nas nossas reuniões de equipe. Ela era forte e sempre deixava clara sua opinião, suas vontades. Estávamos correndo juntos havia meses, na mesma equipe. Eu a conhecia bem.

Ela sabia o que tinha feito conosco ao me ignorar e agora estava nervosa de como lidar com a situação. De como lidar com isso.

E eu odiava isso.

— Não me importo — respondi simplesmente. Dei um sorriso leve também, tentando tranquilizá-la.

A reunião seguiu e Carina se esforçou para não ter que falar comigo diretamente. Nos momentos em que precisou, o fez de forma vaga. E isso ficou claro para todos da equipe. Tão claro que, quando a reunião acabou, todos foram dispensados por Adilson, menos nós dois.

— Quero conversar com meus pilotos favoritos a sós um minutinho — justificou.

Claro, ele usou "favoritos" e um tom leve para disfarçar, mas dava para ver em seus olhos que alguma coisa não estava certa. Logo que a porta se fechou atrás do último membro da equipe, Adilson ficou de pé e apoiou os dois punhos cerrados na mesa.

E o tom leve desapareceu na hora.

— Comecem a falar. Por que vocês brigaram?

Carina virou a cabeça na minha direção, questionando com a expressão nervosa se eu tinha falado alguma coisa.

— Nós não brigamos — garanti em tom baixo.

Eu não tinha brigado, pelo menos.

— Vocês dois estão estranhos. Temos problemas no paraíso. Pode não ter sido briga, mas aconteceu alguma coisa.

— A gente tem mesmo que conversar, Ca — supliquei, debruçando-me sobre a mesa para tentar alcançá-la. — Não dá para continuar como está.

Ela suspirou, assentindo.

— Vou dar quinze minutos para vocês resolverem — avisou Adilson, tirando um cordão com uma chave que estava pendurada no pescoço. — Quando eu sair, tranquem a porta para ninguém incomodar. — Entregou-me a chave. — Daqui a quinze minutos, quando nos virmos novamente, espero que qualquer que seja o problema esteja resolvido. Vocês se darem bem é primordial para termos chances neste campeonato. É a dupla com melhor sintonia do grid. Não estraguem isso.

Ele nos deu as costas e saiu da sala. Usando sua chave, tranquei a porta. Ao retornar para a mesa, encontrei uma Carina de braços cruzados, olhando para o chão. Em vez de me sentar onde estava antes, caminhei até seu lado, sentando na cadeira onde antes estava seu engenheiro. Girei-a para ficarmos frente a frente e segurei suas mãos entre as minhas.

— Em primeiro lugar, quero que você saiba que te ter na minha vida é inegociável, Carina. Você é minha melhor amiga. Já faz tempo que eu quero algo a mais, você sabe disso, mas eu não funciono se não puder conversar com você. Se não puder te ver. Vou aceitar qualquer coisa que você quiser. Sei que está me afastando e fugindo de mim por causa do nosso beijo. Por favor, me diga como está se sentindo, o que você quer fazer, o que quer de mim. Vamos conversar, vamos nos entender. Não posso te perder. O último mês foi uma tortura.

Em todo o meu monólogo, seus olhos brilhavam e jurei ter visto um pouco de alegria, o mesmo desejo e a mesma vontade que eu tinha de estar com ela refletidos ali. Só que, em algum momento, aquilo foi se perdendo. Só o que ficou foi um claro medo. Receio. E aquele sentimento nada bem-vindo parecia ter vencido a guerra que ela travava.

— Desculpa, DG. — Tirou as mãos das minhas. — Não podemos ter nada além de amizade. Eu não consigo. Não quero me envolver com outros pilotos, ainda mais com meu companheiro de equipe.

Seu afastamento, tanto em palavras quanto do meu toque, foi alto e claro. Passei a mão pelo cabelo, frustrado.

— Eu entendo. Ainda acho que daríamos muito certo, mas respeito a sua vontade. Como eu disse, vou aceitar o que você me der, desde que eu possa permanecer na sua vida. Você é a minha melhor amiga, Carina.

— E você é o meu. — Com os olhos brilhando de lágrimas, ela jogou os braços e envolveu meu pescoço. Eu a trouxe para mais perto e acabei nos colocando de pé para poder abraçá-la. — Me perdoa por não poder te dar o que você merece, Dê.

Suspirando, sentei na ponta da mesa e a trouxe comigo, entre minhas pernas, dentro dos meus braços.

— Você é mais do que eu mereço — sussurrei contra seu cabelo, beijando sua testa, sua cabeça, envolvendo sua nuca nas minhas mãos. — E um dia você vai perceber que é uma rainha poderosa, e eu sou seu súdito mais fiel.

Ficamos parados por alguns minutos em silêncio. Carina parecia pensativa, acariciando de leve minha omoplata com a ponta do dedo. Eu apenas desfrutei da nossa proximidade, da graça de ter aquela mulher em meus braços mais uma vez.

Eu entendia seus medos. Entendia tudo que poderia ser falado sobre nós na categoria se descobrissem que tínhamos um relacionamento romântico. Mas aquilo entre nós valia a pena. Cada segundo com Carina valia a pena. E eu não descansaria enquanto não provasse a ela que nós dois éramos para ser. Que estávamos destinados um para o outro.

E que ninguém lhe daria tanto amor quanto eu estava disposto a dar.

No caminho para o box, quando faltava pouco para eu entrar no carro, Gustavo tinha muitas informações para me passar. Quanto mais sucesso a categoria fazia, mais exigiam dos pilotos. Queriam que estivéssemos em eventos, ações de marketing, conteúdo digital… Era um desafio equilibrar tudo aquilo. Felizmente, eu tinha meu amigo para organizar toda a minha vida. Eu só tinha que seguir suas instruções e aparecer nas coisas.

Naquele dia, a quantidade infinita de atividades era algo que estava me fazendo bem. Assim, eu não precisava pensar na minha conversa com Carina, no fato de que eu teria que escalar uma montanha para provar a ela que era a escolha certa ficar comigo. Que enfrentaríamos quem aparecesse.

Que um relacionamento seria algo bom para nós. Como amigos. Como colegas de equipe. Como pessoas apaixonadas.

Investir em nós era a coisa certa.

Eu investiria. Investiria o que fosse necessário para mostrar que ela deveria investir também.

Mas nada estava tão ruim que não pudesse piorar. Afinal, na entrada do box do time Brasil estava ele.

Vito Conti.

E claramente esperava por mim. Para quê? Bem que eu gostaria de saber.

— Posso dar uma palavrinha com você, *ragazzo*?

Ragazzo, para mim, era loja de coxinha. Odiava quando ele me chamava assim. E eu não tinha tempo para essa merda.

— Não tenho tempo, preciso pilotar.

— Não vai levar mais do que um minuto.

Olhei para Gustavo, esperando que ele me salvasse, mas nenhum dos códigos que passei com o olhar pareceram funcionar.

— Vou esperar você no box, DG — avisou, dando as costas para nós.

Péssimo, péssimo amigo.

— Desembucha.

Ele franziu o cenho, como se não entendesse minha escolha de palavras, mas não questionou.

— Conversei com sua mãe nos últimos dias. Algumas vezes. Achamos que será bom se contarmos às pessoas que você é meu filho e se tirarmos um tempo para nos conhecermos. Talvez viajarmos juntos para formar alguns laços.

Cada palavra que saía de sua boca parecia uma piada, mas sua expressão era séria.

Ah, vai se foder, "papai querido".

— De verdade, não tenho tempo para isso, Vito.

Afastei-me, completamente contrariado. Mas Vito segurou no meu braço para me parar.

— Você é meu filho. Perdi vinte e cinco anos da sua vida. Não quero perder mais.

— Quando eu era um garotinho, eu queria um pai. Eu te via na televisão e sonhava com o dia em que te encontraríamos, mas felizmente essa fase passou. Estou vivendo a vida que eu sempre quis. Não quero você nela. — Soltei-me dele, dando as costas.

— Eu não vou desistir assim tão fácil, *ragazzo* — disse em tom de aviso.

— Boa sorte com isso! — gritei por cima do ombro.

20 de agosto de 2023, volta 40.

De dentro do meu carro, a cerca de 300 km por hora, eu conseguia pensar com clareza. Faltavam quatro voltas para o fim da corrida e eu estava em segundo lugar. Em primeiro, estava Carina. Pelo que consegui entender, ela passou o líder, que era o piloto de Porto Lazúli, logo na primeira volta e foi controlando a partir dali. Eu, por outro lado, larguei em quinto e tive que ultrapassar algumas pessoas para chegar onde estava. Para vencer, só precisava agora passar pela minha melhor amiga, a mulher que eu queria que fosse minha namorada. Comecei a estudar suas linhas, tentando segui-la. Tentando buscar a melhor alternativa para ultrapassá-la. Foi quando Lipe, meu engenheiro, abriu o rádio para falar comigo.

— Você sabe o quanto esse resultado é bom para a equipe. Não faça nenhuma burrice.

Sim. Claro. Era o jeito dele de me dizer para deixar Carina em paz e não tentar ultrapassar. E eu entendia... os dois carros da equipe estariam no lugar mais alto do pódio, garantindo o máximo de pontos possível na corrida. Eu não tinha o direito de ser egoísta e estragar tudo batendo em Carina. Não só deixaria de pontuar, como também tiraria os pontos de sua primeira vitória.

De começo, tentei ultrapassá-la em dois pontos. Em uma, até consegui, mas Carina me deu um X e me passou de novo. Ela era muito boa no que fazia.

Então, faltando duas voltas para a corrida, resolvi me contentar. Segui bem de pertinho, pronto para dar o bote se ela cometesse um erro, mas não tentei atacá-la mais. Só queria um bom resultado para nós dois.

E o resultado veio. Logo nós dois estávamos parando o carro nos espaços indicados para o primeiro e o segundo lugar. Corri na direção dela, que estava beijando o nariz do seu carro. Quando me viu, ficou de pé e pulou nos meus braços abertos.

— Conseguimos, DG!

— Parabéns, meu amor! Conseguimos! Pula nas minhas costas!

Colocando-a no chão, fiz com que subisse nas minhas costas e fui correndo até onde estava nossa equipe, que comemorava batendo no meu capacete e no dela. E a emoção de tê-la tão perto, de compartilharmos tantos momentos bons, encheu meu coração de infinito amor.

A dupla mais equilibrada do grid, com os melhores resultados.

O que eu precisava fazer para ela entender que o sucesso da nossa parceria não precisava ficar apenas dentro das pistas?

DÉCIMO SEXTO

Douglas

Depois das seis mil entrevistas, fomos comemorar. O sucesso do Time Brasil era a prova de que o automobilismo no nosso país tinha tudo para ser gigante. Só precisávamos de apoio — da torcida, dos patrocinadores, do governo. A equipe liderava o campeonato de construtores e eu estava em segundo no de pilotos. A categoria estava ganhando destaque na mídia, mas principalmente nas redes sociais, entre os jovens.

Mas, sentado no bar, com minha equipe ao meu redor, eu não estava ligando para nada disso. Só queria rir com a minha galera e comemorar que eu e minha garota tínhamos sido fodas no dia de hoje.

E por falar na minha garota... meu olhar foi atraído para a porta do bar, de onde uma Carina sorridente veio. Como costumava acontecer toda vez que eu a via, o tempo desacelerou. Seu cabelo solto emoldurava o rosto; meus olhos desceram brevemente pelo lindo corpo que me atraía *todas as vezes*. No fundo, as pessoas a aplaudiam. Ela encontrou meu olhar do outro lado do bar. E seu sorriso ficou mais doce.

Levantei do meu lugar na hora, sentindo-me sendo arrastado até ela. Atraído. Capturado por sua presença.

Parado à sua frente, invadindo seu espaço pessoal, tive que me conter demais para não puxar seu corpo para o meu e beijá-la. Para não declarar na frente de *toda a nossa equipe* que aquela mulher era a minha mulher, já que ela ainda não tinha aceitado aquilo.

Mas ela aceitaria muito em breve. Eu tinha que acreditar nisso.

— Você está bonito, amigo — comentou, os braços ainda envolvendo meu pescoço.

Apertei meus braços em sua cintura. As coisas que eu queria dizer para ela...

— E você, como sempre, reunindo toda a beleza do mundo em si mesma. — Beijei sua bochecha. — Tem um lugar para você lá na minha mesa. O que vai querer beber?

Ela se afastou, segurando nos meus ombros.

— Quero um drink chique e uma cerveja. Vai buscar para mim?

— Claro. Vai lá para a nossa mesa.

Carina assentiu e se afastou. Meus braços sentiram sua falta na mesma hora, mas não havia o que fazer. Fiquei lá parado, vendo-a ir até onde eu estava sentado e saudar os nossos amigos. Senti alguém dar dois tapas no meu ombro e olhei para o lado, vendo Luana ali parada com um sorrisinho de merda.

— Fecha a boca e limpa a baba, homem. Está ficando feio para você.

Eu tinha muitas coisas a dizer, mas resolvi ficar quieto. Não valia a pena discordar se eu estava mesmo babando por Carina.

— Quer uma cerveja?

Luana concordou e enfim eu me virei em direção ao bar. Quando voltei com duas cervejas na mão esquerda e o drink favorito de Carina na outra, nossa cabine estava abarrotada de gente. Mas devolveram meu espaço ao lado da minha "amiga", que precisou praticamente sentar no meu colo. Claro, eu estava exagerando, mas não reclamaria. Ela mantinha o braço no meu ombro e a perna cruzada quase sobre a minha. De forma 100% involuntária, minha mão foi parar em seu joelho.

Todos conversavam, comentando momentos da prova e outras coisas, mas eu participava o mínimo possível, apenas desfrutando do clima de comemoração. E do tanto que Carina se permitia estar próxima de mim.

— Bom, gostaria de deixar registrado aqui que fiz uma promessa — começou Sérgio, um dos mecânicos da equipe. Ele estava de pé, apoiado em uma cadeira que tinha sido puxada para perto da nossa cabine. E já estava um pouco bêbado. — Se nós formos campeões, vou tatuar a minha bunda.

— Sérgio, pelo amor de Deus, que tipo de promessa é essa? E pra que compartilhar isso? — reclamou Thaísa, uma das nossas estrategistas.

— Se ganharmos os construtores, eu tatuo "Time Brasil". Se ganharmos o de pilotos, eu tatuo o piloto vencedor — declarou.

— Sérgio, será uma honra ter Carina Muniz em letras garrafais na sua bunda — ela comentou, bem humorada. — De preferência, Carina de um lado e Muniz do outro.

Ele esticou a mão para ela, beijando os nós dos seus dedos como se fosse um cavalheiro.

— Prefiro tatuar seu nome do que o do Douglas, Carina. Faz a boa para nós.

— Ainda tenho doze corridas, seis finais de semana para vencer e deixar esse cara aqui — falou, batendo de leve no meu peito — e mais alguns para trás.

Em vez de simplesmente tirar a mão do meu peito, ela deixou que deslizasse pelo meu abdômen. Apenas a encarei. Ela sabia o que estava fazendo? Nesse mesmo fim de semana, Carina tinha dito que queria ser apenas minha *amiga*, que precisava que fosse assim. E agora estava "inocentemente" alisando meu tanquinho?

Minha amiga o cacete.

Depois de me alisar, sua mão repousou na minha coxa e ali ficou.

Tudo bem, aham. Claro. Tudo sob controle.

Ah, tudo bem o caralho!

— Se você mantiver a mão aí — sussurrei no seu ouvido —, vai constranger o seu *amigo* na frente de toda a nossa equipe.

Como se percebesse o que estava fazendo, ela tirou a mão na mesma hora, pegando sua cerveja. E virou o rosto para murmurar um "desculpa" no meu ouvido.

Mas a verdade era que eu estava sobrecarregado pela sua presença e sua mão não estar mais no meu colo não mudou nada. Eu ainda podia deslizar meus dedos pela parte de trás da sua coxa exposta pela minissaia, sentir seu perfume, seu toque no meu ombro, a lateral dos nossos corpos se tocando, ouvir sua risada.

Não era um simples toque no meu pau que me dava tesão. Tudo em Carina me dava tesão. Eu queria mergulhar naquele mar e me banhar por inteiro.

Depois de algumas horas no bar, as primeiras pessoas começaram a se levantar para ir embora. Eu tinha parado na terceira cerveja, o que era muito longe de me deixar bêbado ou algo assim. No máximo, ligeiramente mais lento. Eu também já estava pronto para ir embora, mas não tinha nenhuma vontade de sair do lado de Carina, então só fui ficando. Felizmente, ela também não se prolongou demais por ali.

— Gente, preciso descansar também. A corrida foi desgastante — falou, endireitando a postura e mexendo na bolsa. — Vocês me perdoam se eu encerrar a noite?

Ninguém se opôs. E nem poderiam, já que ela tinha *vencido a porra da corrida para nós.*

— E eu seguirei minha companheira de equipe, senhores — avisei, me preparando para levantar. — Tenham todos uma boa-noite. Vou deixar mais uma rodada paga na saída.

E sob comemorações gerais, nós nos despedimos. Carina passou o braço pelo meu e fomos caminhando pela calçada em direção ao hotel. Eram apenas duas quadras.

— Obrigada por hoje, DG. Sei que você se segurou na corrida para não me atacar.

— Não precisa me agradecer — garanti, categórico. — Se eu achasse que conseguiria te ultrapassar sem destruir nossas chances na corrida, não teria hesitado. Mas você estava voando. E eu sabia que qualquer erro meu poderia acabar com resultados que eram excelentes para nós dois.

— Não foi porque você quis me deixar ganhar? Tem certeza?

Olhei para ela pelo canto do olho, querendo entender se aquela pergunta era séria.

— Não fiz o que fiz só para deixar você ganhar, Carina. Não duvide disso. Sua vitória hoje foi porque você é uma mulher foda que sabe o que faz atrás do volante.

Ela entrelaçou a mão na minha e fizemos mais um trecho em silêncio.

— Vai voltar para Portugal amanhã? Ou para o Brasil?

— Portugal. Minha mãe tem uma consulta esta semana e quero acompanhá-la.

Com nossas mãos unidas, passei o braço por seu ombro, deixando-a bem perto de mim. Aceitei sua mudança de assunto, porque sabia que ela não queria ficar falando daquilo. Eu também não queria.

— A gente pode sair para fazer alguma coisa? Estou com saudades de sair com você.

— Fechado.

Pouco mais à frente, entramos no hotel, ainda jogando conversa fora. O corpo de Carina se encaixava com perfeição nos meus braços e eu queria poder prolongar cada vez mais nosso trajeto. Queria ficar ao seu lado a noite toda.

Estendi nosso tempo juntos o máximo que pude. Apertei apenas o botão do seu andar e caminhei ao seu lado até a porta do quarto. Ela pegou a chave dentro da bolsa e se virou para mim, parando à minha frente e passando os braços pela minha cintura.

Se ela podia me abraçar assim, não seria eu que nos afastaria.

— Mais uma vez, parabéns para nós pelo resultado de hoje — começou, um sorrisinho doce no canto dos lábios.

Lábios que me chamavam com uma veemência inexplicável.

— Parabéns para nós, meu amor. — Deixei minha mão subir e descer devagar em seus braços, em uma carícia lenta. — Que baita dupla nós somos.

— A melhor de todas.

Carina me fitava com seus olhos brilhantes, que gritavam as mais pecaminosas intenções. Aquilo estava me deixando nervoso, o jeito como eles desviavam para os meus lábios, principalmente porque havia um desejo em seu toque, em seus olhos, que eu ansiava por corresponder.

Entrelacei os braços no seu pescoço, o que serviu de gatilho para que ela aproximasse a boca da minha. Seus lábios roçaram os meus e tive que me forçar a não avançar sobre eles com tudo.

— Carina... — chamei, em tom de aviso. Encostei a testa na dela, nossos lábios agora com um pouquinho mais de espaço.

Ela tinha bebido. Havia pouquíssimo tempo, tinha me dito que queria que fôssemos apenas amigos. Se nós fôssemos nos beijar, eu queria que ela estivesse convicta.

— Douglas...

— Você precisa ter certeza de que é isso que quer, Ca. Foi você quem me disse que só podia ser minha amiga. Não quero que se arrependa depois.

Ela analisou meu rosto por alguns poucos segundos, contemplando o que eu tinha falado. E então finalmente tomou a decisão que mudou as nossas vidas.

— Foda-se. Nós somos uma dupla do caralho. Não vou me arrepender de você.

E ficando na ponta do pé, ela me beijou. Pela primeira vez, ela teve a iniciativa e eu não precisei ficar me perguntando se era aquilo que ela queria. Tinha que ser, porque ela agarrava a minha cintura com vontade. Ela me beijava como se quisesse possuir meus lábios.

E porque ela conseguiu passar a chave para destravar a porta e me puxou para dentro do seu quarto. Sem hesitar um só segundo.

PARTE QUATRO

"Where's the trophy? He just comes, running over to me."
"Onde está o troféu? Ele apenas vem correndo até mim."
The Alchemy, Taylor Swift

DÉCIMO SÉTIMO

Douglas

Acordei na manhã seguinte como havia muito tempo não acordava. Tímidos raios de sol invadiam as cortinas, mas a sensação mais forte era a do corpo enroscado no meu.

Que noite vivemos.

Juro, apaixonem-se pelas suas melhores amigas. Apaixonem-se. Vivam esse sentimento. Façam amor com a pessoa que domina o seu coração.

Eu torcia muito para que Carina estivesse se sentindo tão repleta quanto eu. Claro, já era uma excelente notícia o fato de eu poder acordar e dar de cara com seu cabelo todo espalhado no travesseiro ao lado do meu. Seu corpo nos meus braços.

Porra, que sorte do caralho. Que vida boa.

Deixei meu olhar passear pelo monumento de mulher com quem eu dividia a cama. Deitada de bruços, o lençol só cobria até a altura do seu umbigo. Minha mão deslizou de leve por suas costas, a pele macia me convocando. Com um suspiro, ela buscou minha mão e trouxe para a frente do seu corpo, envolvendo seu seio esquerdo.

Da última vez que a havia beijado, tinha acordado no dia seguinte com minha melhor amiga de partida para outro país. Hoje, por outro lado, as coisas estavam diferentes. Em vez de me afastar, ela pedia meu toque.

— Bom dia, linda — sussurrei, beijando seu ombro.

— Bom dia, meu gostoso — murmurou, o rosto ainda no travesseiro. — Podemos passar o dia inteiro aqui? Assim?

Ri de leve, querendo exatamente a mesma coisa que ela, embora soubesse que não era possível.

— Podemos passar o dia inteiro assim lá em casa, quando a gente voltar. — Ergui o rosto para o relógio na cabeceira, vendo que marcava 8:32. — Temos ainda algum tempo aqui. Está no voo de 12:20?

— Esse mesmo. — Carina girou nos meus braços, ficando de frente para mim e moldando seu corpo ao meu. E eu não saberia dizer em qual posição o nosso encaixe ficava mais gostoso. Teria que viver aquilo por muito mais tempo até dizer com certeza. — Nossas mães vão surtar quando nos virem juntos. Como você quer fazer? Quer manter o segredo por um tempo até definirmos o que somos?

Suspirei, porque aquilo era a última coisa que eu queria.

— Não quero esconder você do mundo nunca, jamais, nem por um segundo. Eu moro com a minha mãe, você com a sua. Se quisermos ficar juntos, elas vão acabar sabendo. Não gostaria de fingir o que estou sentindo, deixar de te beijar só porque elas estão por perto. Mas o que você quer? Vamos fazer o que você se sentir à vontade.

Ela ergueu a mão e, com muita gentileza, passou as pontas dos dedos pelo meu rosto. Uma leve carícia, que me fez fechar os olhos e apenas aproveitar.

— Vamos deixá-las surtarem. Aparecer em casa de mãos dadas e não explicar nada. Nenhuma das duas tem problema de coração.

Uma risadinha me escapou.

— Você é má, Carina.

— Sou má sim. E vou te mostrar o quanto até a hora do nosso voo.

E, ao dizer isso, ela simplesmente montou na minha cintura e me mostrou como conseguia ser uma mulher muito, muito cruel.

Como prometido, entramos de mãos dadas na minha casa. Minha mãe estava sentada na sala, vendo seus doramas na televisão. Tia Adélia estava na cozinha, passando um café.

Os olhos da minha mãe ficaram do tamanho de duas luas assim que se depararam com nossos dedos entrelaçados.

— Querem me contar alguma coisa? — perguntou, sem nem dizer "oi".

— Eu venci! — começou Carina, em tom brincalhão. — Vocês estão olhando para a mais nova vencedora de corridas da Fórmula Nation.

— Isso você não precisava me contar, filha, eu já sabia — devolveu minha mãe, seu olhar perfurador cravando um buraco na minha testa e outro na dela. — Quero saber o que está acontecendo entre vocês dois.

Eu ri, porque sabia que aquela reação era exatamente o que tínhamos conversado no voo para cá. Apertei a mão de Carina e a soltei, indicando o caminho para o meu quarto com a cabeça.

— Vai lá fazer o que você disse que queria fazer — sugeri, afastando-me dela e caminhando até o sofá onde estava minha mãe. — Tudo bem com a senhora, minha mãe? Passou bem os últimos dias?

— Menino, não adianta tentar vir aqui me enganar, desviar do assunto.

— Não posso mais segurar a mão da Carina? — rebati, me fazendo de bobo.

— Não é só o "segurar a mão", meu filho. Mãe sabe das coisas. Vocês dois estão com uma aura diferente. Não tente enganar a sua mãe.

— Aqui, Regina. — Tia Adélia entrou na sala, entregando a caneca de café para ela. — Você pressiona seu filho daí, eu vou pressionar minha filha. Onde ela está? Se quiser um café, Douglas, está lá na cozinha, na garrafa.

— Obrigado, tia. Tomei café logo que a gente desceu do avião. E sua filha queria tomar um banho, falei para usar meu quarto. Pode ir lá.

Assim que tia Adélia entrou no corredor, minha mãe puxou minha orelha.

— Anda, menino, não me enrola.

— Mãe, não me pressiona — pedi, deitando a cabeça em seu colo. — A senhora sabe que eu gosto da Carina há um tempo, não sabe?

— Eu sei, filho. — Ela começou a me fazer cafuné. — Mas aconteceu alguma coisa esse fim de semana, tenho certeza.

— Aconteceu. A gente ficou. E eu quero muito mais que isso, porém tenho que ir devagar com a Carina. Por favor, não pressione.

— Ai, meu filho. Fico tão feliz que finalmente aconteceu alguma coisa entre vocês. Já faz tanto tempo que eu rezo para vocês encontrarem um ao outro. Para se darem uma oportunidade.

— Sabia que a senhora ficaria toda emocionada, minha velha.

Então ela puxou minha orelha de novo por tê-la chamado de velha.

— Prometo que não vou ficar pressionando vocês dois e fazendo perguntas sobre filhos, casamento e bebês. De verdade. Mas saiba que sua mãe estará rezando dia e noite para que esse relacionamento dê certo. Quando eu morrer, meu filho, não quero que você fique sozinho.

— Mãe, pelo amor de Deus. — Suspirei, sem querer nem pensar naquilo. — Vira essa boca para lá.

— Eu vou morrer, meu filho. Vamos todos morrer. Mas com essa doença… pode ser que eu vá antes do esperado, e você sabe disso. Nesse fim da minha vida, eu…

— Mãe! — reclamei, interrompendo-a. — Você não vai morrer. O médico disse…

— Talvez não agora, Douglas, e vou lutar pelo máximo de tempo que for possível, mas eu não vou durar para sempre. E o pouco tempo que me resta, quero aproveitar. Viver. Amar. E quero morrer com a certeza de que você está feliz. Que encontrou alguém que vai te amar e cuidar de você.

— E você merece viver tudo que não conseguiu viver, dona Regina. Desde cedo, você negligenciou viver a própria vida para me dar tudo o que eu queria. Agora eu quero que a senhora faça tudo que der vontade.

— Inclusive dar uma nova chance para o seu pai? Como você se sentiria com isso, filho?

Parei, congelado, querendo entender melhor o que ela estava dizendo. Processando tudo. Uma nova chance?

— O que você está querendo dizer, dona Regina Amaro?

Ela sorriu e afagou meu rosto. Como um truque do destino, fomos interrompidos pela campainha.

— Pode atender, meu amor?

Assenti, me levantando do sofá.

— Está esperando alguém?

Como se fosse algo absolutamente normal, ela sorriu e disse:

— Seu pai vem jantar com a gente hoje. Seja bonzinho e vá recebê-lo.

Parei exatamente onde estava, cruzei os braços e a encarei.

— Você e meu pai estão namorando?

— Como é que vocês, jovens, dizem… — indagou a si mesma, reflexiva. — Estamos nos reconectando.

Ninguém diz isso, mãe, quis responder a ela, mas optei por usar a educação que ela tinha me dado.

— Se esse cara fizer qualquer coisa para te machucar, sabe que eu acabo com ele, não sabe?

Ela me deu um sorriso doce e gesticulou com a mão para eu sair dali.

— Eu te amo. Agora vai receber seu pai.

Caminhei até a porta com minha cara de poucos amigos. E não hesitei de direcioná-la ao homem que aguardava pacientemente do outro lado da porta.

Meu pai era um cara bonito. Mesmo depois de ter deixado de ser atleta, ele mantinha o corpo em forma e se preocupava com o que vestia. Roupas caras, relógio de marca, sapato caro. Ele poderia entrar em qualquer restaurante chique e elegante, mas estava apenas tentando visitar a minha casa.

Saí para a varanda e fechei a porta atrás de mim.

— Como vai, meu filho? — indagou, o tom leve, como se não tivesse nenhuma preocupação nessa vida.

— Preciso ameaçar acabar com a sua vida, arrastar seu nome na lama e cortar as suas bolas se machucar a minha mãe? — devolvi, sem paciência para sua conversinha.

— Ela te contou? — Quando não respondi e apenas o encarei, ele sorriu de novo e continuou: — Sua mãe vai ser tratada como a mais perfeita rainha que ela é. Vou amá-la e dar tudo que ela precisa. Prometo a você. E, se me der uma chance, provarei que só quero o bem de vocês. Só quero ser o pai que não tive a chance de ser.

Eu não diria nada. Eu não opinaria. Não deixaria suas palavras me enganarem. Ele tinha prometido voltar pela minha mãe, mas nunca havia voltado.

E ele poderia tê-la encontrado se quisesse de verdade.

— Hm. Entra.

Abri a porta de novo e passei, dando espaço para ele.

Deus me dê paciência.

Por um breve momento, com a presença do meu pai e as revelações que se seguiram, o fato de que Carina e eu agora tínhamos um lance foi esquecido. Mas só por um breve momento, porque eu fui para o meu quarto e lá estava ela, sentada na minha cama, terminando de se vestir. E isso era o meu sonho se transformando em realidade.

— Qual foi o tamanho do surto da sua mãe? — perguntou, um tom risonho. — Porque a minha ficou a um segundo de encomendar bem-casados.

Eu ri de levinho, me jogando na cama.

— Minha mãe deu pequenos surtinhos, mas depois veio com um papo torto de que está "se reconectando" com Vito Conti.

— Se reconectando tipo... se pegando?

Dei-lhe apenas um olhar, que lhe arrancou uma risada. Depois, Carina veio se deitar no meu peito.

— Mas eu falei com ele. Disse o que faria se machucasse minha mãe.

Carina apoiou o queixo no meu peito, um sorriso brincalhão nos lábios.

— Ameaçou cortar as bolas do seu próprio pai?

Torci o nariz pela sugestão de que ele era meu *pai*.

— Não precisei dizer as palavras. Conti sabe que pensarei em algo humilhante e doloroso.

— Sabe, eu tenho uma opinião não requisitada sobre essa situação. Posso dizer?

Suspirei, conhecendo bem minha amiga.

— Você vai dizer mesmo se eu não quiser, não é?

— Vou.

Apertei os braços ao redor do seu corpo, me preparando para algo que certamente me deixaria desconfortável.

— Desembucha.

— Seu pai cometeu um erro, como muitas pessoas cometem. Mais de vinte anos depois, ele descobriu que tem um filho adulto. Sua primeira reação foi choque. Desde então, ele está tentando resolver as coisas com você e com sua mãe. Acho que os dois merecem a chance de tentar fazer funcionar. Eles merecem a chance de ver se o que sentiram um pelo outro anos atrás teria dado certo ou não.

— Ele poderia ter voltado atrás dela depois da corrida. Poderia ter perguntado às pessoas no hotel. Procurado por ela. Mas ele não quis de verdade.

— Era o primeiro ano dele correndo na Fórmula 1. Você não consegue se imaginar indo atrás de algo que quer muito, que é o seu sonho, mesmo que isso te custe a possibilidade de algo com uma mulher? Uma mulher que você só conheceu por um fim de semana? Acho que, se ele soubesse sobre você, com certeza teria ficado ao lado da sua mãe.

— Como você pode ter tanta certeza de que ele faria a coisa certa? — indaguei, enredando os dedos entre o cabelo dela e massageando seu couro cabeludo. Eu não sabia explicar, só sabia que precisava tocá-la o tempo todo.

— Quero acreditar nisso. Mas você não tem como ter certeza também, DG, a menos que dê a oportunidade que ele está pedindo. Não estou dizendo que vocês deveriam virar melhores amigos e viajar juntos de barco em Mônaco. Só estou sugerindo que você se abra, que conheça o seu pai.

— Eu queria conhecer meu pai há vinte anos, não agora.

— Nunca é tarde para fazer a coisa certa, DG. Olha só para nós dois. Ou você acha que, depois de tantos anos de amizade, o que estamos fazendo é errado? Que deveríamos ter forçado a barra quando adolescentes? Que se passou tempo demais e agora o que podemos viver não vale a pena?

— Carina… — suspirei, um pouco contrariado de ela estar esfregando esse exemplo na nossa cara. — Não existe a remota possibilidade de qualquer coisa que eu estou sentindo por você ser errada. Você é o maior acerto que eu já cometi.

— Mas eu já achei que nós dois éramos um erro. Imagina se eu não tivesse me aberto a dar uma chance para nós.

— Quero nem imaginar. — Girei-nos, ficando por cima dela e deixando minha boca pairar na sua. — Esperei tempo demais para encontrar o amor com você. Pretendo viver cada segundo disso ao seu lado.

— O seu pai também. — Ela segurou meu rosto com um toque suave. — Ele só está te pedindo uma chance de te conhecer e amar você e sua mãe. — Carina encostou a testa na minha. — Faz isso por mim. Se ele se tornar um babaca e acabar machucando vocês, eu mesma corto as bolas dele.

Encarei seus olhos com muita atenção. Eram olhos onde eu queria me perder pelo resto da vida. E as três palavras que havia muito tempo eu sentia, mas sabia que não era hora ainda de dizer, ficaram presas na minha garganta mais uma vez. Se eu dissesse agora, havia uma enorme possibilidade de Carina se fechar outra vez. Então decidi demonstrar de outra forma.

Eu a beijei. Eu a beijei com a maior reverência que poderia colocar em um beijo. Eu a beijei querendo mostrar àquela mulher que ela era o amor da minha vida. E que faria o que fosse preciso para que o nosso amor desse certo.

E para que ela me amasse também um dia.

Eu a beijei… até que um grito de tia Adélia viesse pelo corredor.

— Crianças! O jantar está na mesa!

DÉCIMO OITAVO

Douglas

12 de novembro de 2023, Joanesburgo, África do Sul.

Sorri para o homem ao meu lado, mesmo não querendo. Ainda não estava cem por cento confortável com a situação em que havia me metido. Sim, a partir desse momento, o mundo inteiro saberia que eu era filho de Vito Conti. De agosto até aqui, quando concordei em fazer o que Carina me sugeriu e o aceitei na minha vida, algumas coisas mudaram. Outras não.

Vito Conti era meu pai, mas eu não o chamava assim. Não conseguia. Depois de tudo que eu havia passado, depois de tudo que minha mãe tinha enfrentado sozinha, era difícil simplesmente concordar. Simplesmente sorrir e aceitar que eu tinha um pai. Mas eu já não o odiava mais, principalmente porque o via com minha mãe. Via como ela estava mais feliz, como ele cuidava bem dela. Ele costumava passar todo o fim de semana de corrida com ela e viajar no sábado à noite para me ver correr no domingo, depois nos dava uma carona no jatinho de volta para casa. Nos fins de semana em que ela estava se sentindo bem, como o do Brasil e o de Porto Lazúli, os dois fizeram a viagem juntos para o fim de semana completo. Mesmo sem querer admitir, eu ficava mais tranquilo quando ele estava com ela — e eles estavam juntos o tempo todo.

Mas o que não mudou foi meu amor por Carina. Pouco a pouco, ela foi ficando mais confortável com a nossa situação. Nossa equipe sabia que estávamos juntos, mas conseguimos esconder do mundo. O fato de sermos amigos fez as pessoas olharem para a nossa proximidade sem tanta desconfiança. E eu era muito grato por isso.

Quanto ao campeonato... não foi o nosso ano. Tivemos um bom

resultado em casa, para a alegria de toda uma nação automobilística, mas só. As outras corridas foram bem complicadas para nós. Com isso, nossa briga era para terminar em segundo ou terceiro no campeonato de equipes. Como piloto, minha disputa era pelo terceiro lugar, a de Carina era pelo quinto. Eu ainda tinha esperança de que conseguiríamos, porque tínhamos ido bem na corrida de sábado.

Mas Vito escolheu a manhã de domingo para dar ao mundo a notícia de que eu era seu filho. Eu preferia ter ficado focado em correr no domingo, mas o Time Brasil julgou que essa era a nossa melhor oportunidade. Domingo. De manhã cedo. Uma coletiva de imprensa. Depois, eu poderia enfim me enfiar em uma sala de reunião e focar na minha corrida.

— Bom dia a todos — começou Vito, em inglês, ao meu lado. Eu estava me sentindo ansioso, por isso fiquei estalando os dedos, mesmo sabendo que não deveria. — Obrigado pela presença neste pronunciamento. Este ano, eu reencontrei uma pessoa do meu passado e descobri que ela tinha sido mãe de um brilhante jovem. Para minha surpresa, acabei ganhando um filho. Gostaria de ter tido conhecimento disso antes para poder cuidar dos dois da maneira como eles mereciam. Infelizmente, não foi possível. Mas eu pretendo corrigir meus erros daqui para a frente. E começo isso dizendo que sou o pai orgulhoso de Douglas Amaro, este jovem ao meu lado, o brilhante piloto do Time Brasil.

Ele não aceitou responder perguntas. Muito menos eu. Mas paramos para tirar fotos, que em minutos rodaram o mundo. Assim que voltei para os escritórios da equipe, mergulhei nas tarefas pré-corrida. Quando saí do meu quartinho em direção à pista, fui puxado para dentro de outro quarto, que logo reparei ser o de Carina. Ela passou os braços pelo meu pescoço e me puxou para um beijo. Eu tinha alguns minutos, então ergui suas coxas para envolverem minha cintura e a prendi contra a porta.

Eu não me cansaria daquela mulher nunca, graças a Deus.

— Como você está se sentindo com a grande revelação do dia? — indagou, assim que minha boca deixou a sua e seus pés tocaram o chão.

Sem nenhuma vontade de responder, trilhei beijos por seu pescoço.

— A grande notícia que eu queria dar ao mundo é outra.

Rindo, ela inclinou o pescoço para o lado, me dando mais acesso.

— E qual seria essa notícia?

Parei de beijá-la, segurando seu rosto na mão e sustentando seu olhar.

— A notícia de que eu estou apaixonado pela minha melhor amiga e companheira de equipe.

Como sempre fazia quando eu confessava meu amor, Carina deu um beijo na ponta do meu nariz e se afastou.

— Vença a corrida que eu vou pensar no seu caso. — Com dois tapinhas no meu peito, ela me empurrou para longe. — Vamos para o grid.

Assim que saímos pela porta, ela passou o braço pelo meu e nós fomos juntos. Era a nossa forma favorita de andar por aí, pois muitos achavam que fazíamos isso por pura amizade. Também era. Mas eu não andava assim com nenhum outro amigo.

A corrida foi longa e exigente. Muito mais longa e exigente do que pensei que seria. Pelo menos, conseguimos os nossos objetivos. Fizemos os pontos necessários para ficar em terceiro e quinto no campeonato de pilotos, respectivamente, e em segundo no de equipes. As duas vitórias que tivemos na temporada pesaram para nos manter como a equipe mais equilibrada.

Minha posição na corrida foi terceiro, com Carina em quarto. Tive que ir para a cerimônia de pódio, mas lá de cima a vi junto do restante da equipe, um sorriso enorme colado no rosto. E, assim que desci, ela veio correndo na minha direção, macacão aberto até a cintura, e pulou no meu colo.

— Notícia de última hora: eu estou apaixonada pelo meu melhor amigo e companheiro de equipe. Obrigada por não ter desistido de nós.

Não deu para evitar o sorriso que se espalhou em meus lábios. Ela não tinha gritado, mas também não tinha exatamente falado baixo. E havia muitas pessoas da imprensa ao nosso redor, câmeras e celulares.

— Jamais poderia desistir da melhor coisa que já me aconteceu. Toda a minha vida me trouxe até aqui, a passos lentos ou rápidos, mas sempre na sua direção. Eu te amo, Carina.

— E eu te amo, Douglas Amaro. Agora me beija.

Sem hesitar, fiz exatamente como me foi solicitado.

Beijei minha melhor amiga e mulher da minha vida sob uma chuva de flashes.

FIM

AGRADECIMENTOS

Esse livro foi uma surpresa. Desde que minha recente paixão por automobilismo começou, lá em 2020, eu queria escrever sobre um piloto. E foi uma honra contar sobre Douglas Amaro e sua paixão por carros, família e Carina. Em um primeiro momento, tentei usar essa história em outro formato, mas acredito que tudo acontece no tempo certo. E a publicação dele estar saindo da forma que está saindo é uma prova de que *não é quando eu quero, nem como eu quero, Deus sabe o que é melhor pra mim*. O meu muito obrigada então vai primeiro para ele, que sempre me sustenta, depois para Roberta, que sempre acredita em mim, e em terceiro para Anastacia, que sempre abraça as loucuras.

Por último, a você que apoia meu trabalho e leu todas as páginas desse livro. Que venham muitos mais pela frente.

A The Gift Box é uma editora brasileira, com publicações de autores nacionais e estrangeiros, que surgiu no mercado em janeiro de 2018. Nossos livros estão sempre entre os mais vendidos da Amazon e já receberam diversos destaques em blogs literários e na própria Amazon.

Somos uma empresa jovem, cheia de energia e paixão pela literatura de romance e queremos incentivar cada vez mais a leitura e o crescimento de nossos autores e parceiros.

Acompanhe a The Gift Box nas redes sociais para ficar por dentro de todas as novidades.

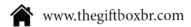 www.thegiftboxbr.com

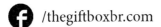 /thegiftboxbr.com

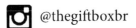 @thegiftboxbr

 @GiftBoxEditora